国家出版基金项目
NATIONAL PUBLICATION FOUNDATION

华北抗日根据地及解放区文艺大系

陈 晋　郑恩兵　主编

《晋察冀日报》文艺文献全编

诗歌

第三卷

马春香　编

河北出版传媒集团

河北教育出版社

图书在版编目（CIP）数据

《晋察冀日报》文艺文献全编．诗歌．第三卷／马春香编．－－石家庄：河北教育出版社，2023.12

（华北抗日根据地及解放区文艺大系／陈晋，郑恩兵主编）

ISBN 978-7-5545-7661-8

Ⅰ．①晋… Ⅱ．①马… Ⅲ．①文艺－作品综合集－世界－现代②诗集－中国－现代 Ⅳ．① I11 ② I226

中国国家版本馆 CIP 数据核字 (2023) 第 044332 号

书　　名	《晋察冀日报》文艺文献全编·诗歌·第三卷	
	JINCHAJI RIBAO WENYI WENXIAN QUANBIAN SHIGE DI-SAN JUAN	
编　者	马春香	

责任编辑	李　超	
装帧设计	郝　旭	
出　　版	河北出版传媒集团	
	河北教育出版社　http://www.hbep.com	
	（石家庄市联盟路705号，050061）	
印　　制	石家庄众旺彩印有限公司	
开　　本	787毫米×1092毫米　　1/16	
印　　张	17.75	
字　　数	222千字	
版　　次	2023年12月第1版	
印　　次	2023年12月第1次印刷	
书　　号	ISBN 978-7-5545-7661-8	
定　　价	98.00元	

版权所有，侵权必究

丛书编委会

顾 问
陈平原　刘跃进　王长华　李 扬

编委会主任
吕新斌

编委会副主任
彭建强　孟庆凯　刘 月

主 编
陈 晋　郑恩兵

副主编
董素山　向 回　汪雅瑛

编 委（按姓氏笔画排序）
马春香　王少军　田浩军　包来军　吉 喆　刘书芳　刘贵廷
关小彬　杨 程　杨春生　宋少净　张 辉　张川平　赵 华
高露洋　郭义强　阎晓宏　梁晓晓

编纂说明

在中国共产党百年发展历程中,文艺始终是党领导人民开展进步事业的有机组成部分,是党在各个历史时期的中心工作的实时反映和重要推动力量。"华北抗日根据地及解放区文艺大系",是一部全面展示抗日战争和解放战争时期华北地区党的历史创造、奋斗风采和形象建构的大型革命历史文艺文献丛书,对于深入研究华北地区革命文艺史、红色新闻史,弘扬伟大建党精神、梳理中国共产党人精神谱系,是必不可少的第一手资料,是我们在新时代坚定树立文化自信的重要思想资源。

一、编纂缘起

抗日战争及解放战争时期,华北地处各方政治与文化力量激烈博弈的前沿,这种特殊政治、军事、文化、地理环境中产生的革命文艺,具有鲜明的地域性特征,是五四新文化运动以来的革命文艺发展史上的突出标识。

但一直以来,由于史料文献整理不足,对华北抗日根据地及解放区文艺的研究,始终未能深入,其独特的地域性实践价值和蕴含的文化创新意义被严重遮蔽。这些史料文献主要以党报党刊的形式呈现，梳理汇编这些党报党刊中的革命文艺史料，借之以探索华北革命文艺的发展路径、发展方向、创造机制和创新经验，是深入贯彻习近平总书记关于"把红色资源利用好、把红色传统发扬好、把红色基因传承好"，"用好红色资源、赓续红色血脉"等系列重要讲话精神的有力举措，也是新时代文艺研究者不可推卸的责任。

2017年6月左右，我们去中国社科院文学所拜访时任所长刘跃进先生，协商合作研究事宜，寻求中国社科院文学所的帮助。请教过程中，刘先生建议我们结合地方特色，做好地方红色文艺文献的搜集整理与编纂出版工作。经过一段时间筹备，2017年底，我们以"河北红色经典系列丛书"为名，正式申报"2018年度河北省省级宣传文化发展专项资金"项目并成功立项，旨在通过选定刊行河北红色经典作品、梳理汇编河北红色经典研究资料、系统阐述河北红色经典发展历史等基础性工作，打造一个集大成式的河北红色经典文献资料库。

项目最初设计共二十四卷，包括六大板块：《河北红色经典史》一卷、《河北红色文艺作品选》六卷、《河北红色经典作家作品索引》三卷、《河北红色经典研究资料汇编》四卷、《〈晋察冀日报〉副刊文学作品全编》六卷、《晋冀鲁豫抗日根据地文艺作品及〈新华日报〉太行版文艺作品汇编》四卷。但在项目实施过程中，我们充分吸收专家意见，认为网络时代和大数据背景下的科研活动有了很大变化，《河北红色经典作家作品索引》与《河北红色经典研究资料汇编》的编纂工作，在当前学术生态中价值不大，并予以取消。同时，在项目实施过程中我们发现，《晋察冀日报》《人民日报》等党报除刊发大量文艺作品外，还有大量记录边区文艺工作者行迹，反映边区戏剧、音乐、文学、美术、舞蹈、曲艺活动与报刊书籍出版发行等各方面情况的文艺史料,以及体现我党文艺方向、方针变化的政策文件与重要领导讲话,是华北地域党和人民对敌作战的重要宣传武器,更是飘扬在华北地区军民心中一面旗帜。这些史料是华北地域革命文艺发生、发展与壮大的真实记录,对我们正确认识革命文艺的特点与历史地位有重要的决定性作用。

为此,我们精心整理了《〈晋察冀日报〉文艺文献全编》《晋冀鲁豫〈人民日报〉文艺文献全编》《〈晋察冀画报〉文艺文献全编》《晋察冀日报社人物志》(共五十一卷),同时收入全国抗战时期和解放战争时期与河北地域相关且被广大群众所喜爱并广泛传唱的红色文艺作品,结集为《河北红色文艺作品选》(共六卷),至此形成丛书目前的五大板块,而且将名称由"河北红色经典系列丛书"改为"华北抗日根据地及解放区文艺大系",方便以后在此基础上做进一步拓展。

二、地域范围及文艺特质

华北抗日根据地包括当时山东、河北、山西、察哈尔、绥远、热河全部及豫北、苏北、皖北部分地区,分晋绥、晋察冀、晋冀豫、冀鲁豫、山东五大块。1941年,冀鲁豫合并到晋冀豫,称晋冀鲁豫。其中晋察冀抗日根据地作为开辟最早、地域最大、人口最众的模范抗日根据地,是华北抗日根据地的坚强堡垒,牵制和抗击了三分之一以上的华北日军和二分之一的伪军。

在河北及其邻省周边地区开辟与创建华北抗日根据地,是红军长征到达陕北之后党中央迅速做出的重大战略决策。这些根据地地处对日武装斗争最前线,不仅打开了抗战的新局面,成为华北敌后抗战的主战场，而且进行了新民主主义社会的实践探索，对解放战争的历史进程产生了巨大影响，成为我党开辟东北解放区的前进基地和逐鹿中原的战略后方。随着抗日根据地的开辟，延安文艺工作团、西北战地服务团、东北促进纵队干部队、八路军总政治部前线记者团等大批文艺工作者，随同党政干部一道陆续抵达华北，东北、平津的青年学生也纷纷冒着生命危险来到边区。他们一手拿枪，一手拿笔，深入农村与抗战前线，切身体会工农兵的生活，深刻了解工农兵的需求，从而根本上克服了艺术至上主义思想倾向。所以，华北抗日根据地及解放区文艺，既响应了伟大的民族抗战对文学艺术提出的时代要求，亦充分兼顾到广大人民群众的接受习惯和欣赏水平，真实地反映了华北人民火热的战斗与生产生活。很多作者本身就是农民、战士或基层工作者，他们把自己的经历和熟悉的人和事，通过小说、戏剧、诗歌、报告文学、歌曲、绘画、舞蹈等文艺样式记录下来，语言通俗平实，富有生活气息。由于产生于特定时代、特定区域而又适应特定需要，故而无论是题材、语言还是风格，在体现革命大众文艺共性的同时，又具有强烈的华北地域特性。

华北抗日根据地及解放区文艺的繁荣发展，是专业文艺工作者与工农兵群众共同创造的结果。人民群众不仅是革命文艺运动的主导主体、推进主体、受益主体，还是一切成败得失的评判主体。华北抗日根据地及解放区文艺，归根结底，是"以人民为中心"的文艺。

三、学术价值

今天的河北在抗日战争、解放战争时期是晋察冀、晋冀鲁豫两大根据地的中心区域，有着悠久的革命历史传统和丰厚的红色文化底蕴。据不完全统计，抗日战争和解放战争期间，仅晋察冀边区专区以上就办有报刊四百余种,编印图书五百余万册。如果将这种统计扩大到环绕河北的整个华北抗日根据地及解放区,时间扩展至从中国共产党成立到中华人民共和国成立,数据更为可观。这些红色图书、报刊的出版发行,团结了一大批来自全国各地的著名革命文艺家和专业文艺工作者,其中有大量文艺相关信息,是研究近现代中国革命文艺的重要史料。但因受当时物质条件及复杂局势影响,它们传播范围有限,保存困难,如今已普遍出现老化或损毁现象,面临着消失、断层的危险。

长期以来,由于对抢救、整理和利用红色文艺文献的意义认识不足,现行的科研评价、出版机制亦难以有效刺激科研工作者积极从事老旧报刊等红色文艺文献的系统整理,大量有待整理的红色文艺文献尚未进入学界的视野。特别是华北抗日根据地及解放区的文艺文献,有很多甚至还是学术盲区。如《冀中导报》《救国报》《边政导报》《冀南日报》《团结报》《前进报》《新察哈尔报》《冀热察导报》等各类党报,以及《冀热辽画报》《冀中画报》《北方文化》《五十年代》《新长城》《新群众》《诗建设》《诗战线》等期刊,虽有部分学者对其办报(刊)历程、思想以及传播等方面予以研究,但均无系统的文艺文献整理本。"华北抗日根据地及解放区文艺大系"整理的《晋察冀日报》、晋冀鲁豫《人民日报》、《晋察冀画报》,是当时华北抗日根据地及解放区党报党刊的典型代表,是党的理论和实践同文艺结合的主要媒介和载体,是华北革命文艺重要的传播平台。这些报刊,既客观记录了华北革命文艺的传播与发展,也完整展现了华北革命文艺的特殊使命与风格特征,具有极其重要的史料价值。在此基础上,我们还会将视角延伸到《晋绥日报》《新华日报·太行版》《新华日报·太岳版》等党报,不断地充实这套大型文献史料丛书,以此来系统建构华北抗日根据地及解放区的"文艺史料学"。

四、丛书特色

这套丛书的编纂，主要以抗日战争及解放战争期间华北境内各根据地、解放区出版、发行、制作之图书、期刊、报纸等红色文献中的文艺资料为内容。编纂特色主要包括：

（一）抢救珍贵历史文献，弘扬伟大建党精神。

华北抗日根据地及解放区的红色文献发行于条件艰苦的战争年代，数量少，印制质量粗糙，历经岁月的洗礼，留存下来的品相完好者已经很少，有些到今天已成孤本。这些文献作为特定历史时期和区域的产物，见证了中国共产党领导华北人民争取民族独立和人民解放的伟大历程，反映了华北近代社会的巨大变化，蕴含着珍贵的史料价值和鉴往知来的现实意义，是中国共产党领导的文艺事业、新闻出版事业与意识形态建设发展的历史见证。它们诠释了党的初心和使命，蕴含着坚定的理想信念与崇高的革命精神，到今天仍然具有强大的感染力与说服力，是陶冶情操、磨炼意志，走好新时代长征路的有效精神资源。抢救性搜集、整理与研究这些珍贵历史文献，有利于增强党政干部政治信仰，弘扬伟大建党精神和践行社会主义核心价值观。

（二）文艺与党史密切融合，拓展革命文艺与党史研究的新视野。

革命文艺作品的创作、发表和传播，和党的历史任务和奋斗实践是分不开的。在艰苦卓绝的革命岁月，奋斗前行的中国共产党始终强调，既要拿"枪杆子"，也要拿"笔杆子"。革命的文艺工作者，一手拿枪，一手拿笔，深入农村与抗战前线，以人民大众易于接受和欣赏的形式，宣传党的政策，推行党的方针，为中国共产党顺利完成不同历史阶段的中心任务和伟大使命发挥了独特而重要的作用。本套丛书收入的文献史料，主要是抗日战争与解放战争时期党报党刊中的文艺作品与文艺史料，它们鲜明生动地体现了党的历史，党领导人民争取民族独立、人民解放的奋斗历程和精神面貌，从而为学界从文艺角度研究党史和从党史角度研究文艺提供了有力支撑。

（三）作品汇编与史料梳理并行，还原革命文艺的历史场域。

"华北抗日根据地及解放区文艺大系"的编纂，全面辑录华北抗日根据地及解放区党报党刊上刊登的诗歌、小说、戏剧、报告文学、散文、歌曲、版画等文艺作品，并系统梳理当时文艺发生、发展、传播以及社会各界文艺活动的各类消息和报导，同时选编了大量的河北红色文艺作品作为补充。这种文艺史料与文艺作品的配合整理，还原了革命文艺的历史场域，有利于构建对革命文艺的科学认识。

五、丛书内容

（一）《〈晋察冀日报〉文艺文献全编》共三十八卷：

诗歌三卷

戏剧一卷

小说二卷

文艺评论三卷

文艺史料九卷

外国文艺二卷

散文报告文学十七卷

歌曲版画一卷

（二）《晋冀鲁豫〈人民日报〉文艺文献全编》共十一卷：

诗歌一卷

戏剧、小说、文艺评论一卷

散文报告文学五卷

文艺史料四卷

(三)《〈晋察冀画报〉文艺文献全编》一卷

(四)《晋察冀日报社人物志》一卷

(五)《河北红色文艺作品选》共六卷:

诗歌一卷

戏剧一卷

散文一卷

小说三卷

六、编纂体例

(一) 整套丛书题材丰富、门类众多,在体裁上不做强行统一。

(二) 丛书中所录作品均为当年报刊发表的原文。为确保丛书的文献性、学术性、专业性和资料性,丛书编辑加工的总原则为保持文献原貌,内容上不做改动。

(三) 文字的使用

1. 丛书中文字的使用以 2013 年教育部、国家语言文字工作委员会公布的《通用规范汉字表》为准。

2. 丛书中的古体字、通假字、俗体字,以及所涉及姓名字号、职官地理等专用字,均予保留。

3. 丛书原文字迹模糊残损,但仍可辨认或可依上下文校正,以字外加方框"囗"表示;原文缺字或无法辨识,且无法校补,每字以一个方框"囗"表示;如无法统计所缺字数,则以"☒"表示。

4. 丛书中数字的使用,保持原貌。

（四）标点符号及其他符号的使用

1. 丛书在不改变原文意义的情况下，将旧式标点改作现行标点符号。

2. 丛书原文中出现代表文字的符号，如"×""△""○""▲"等，保持原貌。

3. 丛书原文中的着重号、专名号等不再保留。

（五）其他

1. 丛书原文中的注释，保持原貌；编者亦出部分注释，供读者参考。

2. 因为原始文献本身产生于战争年代，保存不易，漫漶不清处较多，丛书疏误之处在所难免，希望专家读者批评指正。

七、鸣谢

本套丛书得以顺利面世，要特别感谢中共河北省委宣传部、河北省社会科学院、河北教育出版社的资金支持，以及北京大学陈平原教授、中国社科院文学所刘跃进研究员、南开大学文学院李扬教授、河北师范大学文学院王长华教授等，为丛书编纂提供了多方面的学术支撑；晋察冀日报社老报人及报史研究会诸位老师，中国社科院文学所现代室、中国丁玲研究会、中国现代文学馆各位专家，也在丛书编纂过程中提出了许多建设性意见；院内外的数十位年轻科研工作者，在原文录入和校对方面付出了艰辛劳动，确保了项目的顺利进行。在此一并致谢。

把艺术交给大众（代序）
——祝贺"华北抗日根据地及解放区文艺大系"结集问世

中国社会科学院　刘跃进

  由河北省社会科学院文学研究所编纂、河北教育出版社出版的"华北抗日根据地及解放区文艺大系"结集问世，值得庆贺。

  文艺是时代前进的号角。1937年7月7日，卢沟桥事变爆发，全面抗战由此而起。广大的爱国知识分子和青年学生，表现出同仇敌忾的民族气节，走出书斋，走出校园，用知识、用智慧、用不屈的精神力量唤醒民众，用实际行动担负起抗日救亡的历史重任。在此后的岁月里，延安文艺和华北抗日根据地及解放区文艺，是中国共产党领导下的两大主体，双峰并峙，展示着那个时代的风貌，引领了那个时代的风气。

  随着抗日根据地的开辟，延安文艺工作团、西北战地服务团、东北促进纵队干部队、八路军总政治部前线记者团等大批文艺工作者，随同党政干部一道陆续抵达华北，东北、平津的青年学生也纷纷冒着生命危险来到边区。他们一方面积极创作大量街头剧、活报剧、街头诗、墙头小说、木刻版画、歌曲、舞蹈等革命文艺，开展抗日救亡宣传运动；一方面也通过开办文艺干训班，开展各行业、各阶层甚至全民的文艺创作与评选活动，吸引工农兵群众加入文艺队伍，掀起了"晋察冀一周""冀中一日"等具有深化性质的群众写作运动，以及"创造模范村剧团""穷人乐"等群众戏剧运动，为晋察冀文艺史添上了浓墨重彩的一笔。

　　说到这里，我想起2009年参加《北平学生移动剧团团体日记》捐赠仪式的一段往事。从1937年到1938年，在中国抗战史上唯一以大学生组成的"北平学生移动剧团"在长达一年半的时间里，历尽艰难，转辗于国民党第五战区的各个战场，演出话剧，创办报纸，宣传抗日，鼓舞斗志，谱写出响彻云霄的时代赞歌。移动剧团的成员每人一周轮流记述，用日记形式记录了那段不平凡的岁月，《北平学生移动剧团团体日记》就是这部历史的记录。它不是写给个人看的私密记录，也不是为将来面世扬名。作者完全出于一种历史责任，真实客观地记录了那段鲜为人知的历史，体现出强烈的史家意识。日记封面上有这样一段题记，"北平学生移动剧团·愿我永恒·中华民国二十七年二月二十三日始·璧华"。孤立地看这部日记，也许没有什么轰轰烈烈的战斗业绩，也没有什么感人肺腑的情感纠结。客观、平实是它的本色，正是这种本色，为那个历史年代留下一段真实。"北平学生移动剧团"的抗日活动，是文艺工作者投身抗日洪流中的一个历史缩影。

　　随着抗战的胜利，察哈尔省会张家口解放，晋察冀文协、晋察冀剧协、晋察冀音协、晋察冀美协、晋察冀通讯社、晋察冀边区剧社、晋察冀日报社、晋察冀画报社等文化团体随中共晋察冀中央局和军区领导先后开赴华北根据地，一大批文艺工作者也随之来到华北，开展丰富多彩的文艺活动。他们坚持毛泽东《在延安文艺座谈会上的讲话》中指出的方向，一手拿枪，一手拿笔，深入农村与抗战前线，既为切身体会工农兵的生活，也为深刻了解工农兵的需求，从而在根本上克服了自身相当普遍和严重的艺术至上主义思想倾向，为工农兵而创作，为工农兵所利用，以人民大众易于接受和欣赏的形式，普遍写人民大众的生产战斗故事。譬如左翼作家邵子南，于1938年10月随西战团到晋察冀，主持战地社日常工作，主编《诗建设》；1943年整风运动后，他到阜平任小学教员，在反"扫荡"中与群众、民兵一起转移、战斗，还直接在五丈湾跟随李勇的游击组对日寇展开地雷战；1944年5月随团回延安，在鲁艺任教，后调陕甘宁文协搞专业创作，开始大量创作反映晋察冀边区生活的小说。他以亲身体验为基础创作的短篇小说《李勇大摆地雷阵》（后改为《地雷阵》），运用阜平农民群众的语言，以口语化方式讲述了爆炸英雄李勇的抗日故事，明显吸取了民间说唱文学的优点，特别是在白话叙述中还插入不少快板式的韵白，更适合群众的喜好，因而在当时广为流传，家喻户晓，起到了很大的宣传鼓动作用。其他作品，如《荷花淀》《太阳照在桑干河上》《漳河水》《赶车传》《王九诉苦》《孟祥英翻身》《新儿女英雄传》《白求恩大夫》《我的两家房东》《穷人乐》《李殿冰》《戎冠秀》《没有共产党就没有中国》《团结就是力量》《没有土地的人们》《白毛女》等，都是成功的文艺典范，在现代中国文学史上占据比较重要的位置。

在华北抗日根据地及解放区的文艺创作成果中，还有数以万计的文艺作品和极具研究价值的文艺史料刊发在根据地及解放区所办的报刊上。很多作者，本身就是农民、战士或基层工作者。他们把自己的经历和熟悉的人和事，通过小说、戏剧、诗歌、报告文学、歌曲、绘画、舞蹈等文艺样式记录下来，语言通俗，富有生活气息。人民既是历史的创造者，也是历史的见证者；既是历史的"剧中人"，也是历史的"剧作者"。让故事中的人物自己编词、自己表演的创作方式，很好地反映出人民的心声，并让人民群众从生动活泼的艺术作品中得到教育，这确实是一个成功的尝试。

配合党的中心工作，"把艺术交给大众"，通过文艺唤醒大众，这已成为华北文艺工作者的自觉意识。他们积极响应伟大的民族抗战对文学艺术提出的时代要求，充分兼顾到广大人民群众的接受习惯和欣赏水平，创作了大量的作品，真实地反映了燕赵儿女火热的战斗与生产生活，起到了良好的宣传教育与鼓动激励效果。刘萧无编排新闻报道剧《李殿冰》，编剧与演员一起住到李殿冰家里，以便于熟悉主人公的生活，搜集真实生动的群众语言，还模仿他们的动作，理解他们的心理，甚至还让主人公李殿冰等直接参与剧本的修改和编排。描写群众的生活，邀请群众参与创作，这是当时文艺工作者走群众路线的生动体现。该剧演出后获得当地老百姓的极大赞赏，鲁中实验剧团还专门学习该剧的创作方法，创编了三幕五场话剧《过关》。艾思奇《前方文艺运动的新范例》更是誉其开创了前方文艺的新范例。抗敌剧社的《王老三减租小唱》、冀中火线剧社的话剧《我们的母亲》，也都具有这种特色。

这些文艺作品，可能略显仓促，有的甚至急就于战火中，所以在素材提炼、人物形象塑造以及语言的使用、细节的刻画等方面还有很多不足。但是，这不是一般意义上的创作，而是燕赵大地为争取民族独立、人民解放的集体记忆和行动号角，是中国革命事业的重要组成部分。华北抗日根据地及解放区的文艺，有很多这样未经沉淀的纪实作品，不管其艺术性如何，但在发动群众、组织群众、铸就抗击日寇和国民党反动派铜墙铁壁方面，发挥了无可替代的作用。20世纪五六十年代，河北地区涌现出大量的红色经典，便是华北抗日根据地及解放区文艺的传承和发展。

2017年6月，河北省社科院文学所郑恩兵所长来京与我们协商合作研究事宜。我根据所了解的信息，建议他们结合地方特色，做好地方红色文艺文献的搜集整理与编纂出版工作。"华北抗日根据地及解放区文艺大系"就是那次商讨的成果。全书由五个部分组成：第一部分为《晋察冀日报》文艺文献全编，第二部分为晋冀鲁豫《人民日报》文艺文献全编，第三部分为《晋察冀画报》文艺文献全编，第四部分为晋察冀日报社人物志，第五部分为河北红色文艺作品选。全书收录各种文体的作品六千余种，包括小说、诗歌、文艺评论、戏剧、报告文学、散文、文艺通讯、美术、书法和音乐、文艺史料，还有文艺信息、文艺广告，基本涵盖了华北抗日根据地及解放区的文艺创作情况，具有很高的研究价值。

　　时值中华人民共和国成立七十五周年之际，我们有机会阅读这部皇皇五十余册的"华北抗日根据地及解放区文艺大系"，更加深切地感受到新中国的建立真是来之不易，她是无数条战线的可歌可泣的人们不懈奋斗的结果。在这样一个特殊的日子里，我们感念当年那些有名无名的作者，感谢参与整理工作的学者，当然，更要感激我们这个伟大的时代。

目录

清脆的耳光 …………………………………………………… 1

哀歌七章 ……………………………………………………… 4

狐鼠篇 ………………………………………………………… 6

青年之歌 ……………………………………………………… 10

石人村 泪不干 ……………………………………………… 11

家 ……………………………………………………………… 13

收到棉衣 ……………………………………………………… 15

寿亚子先生 …………………………………………………… 16

柳亚子先生六秩寿诗四章 …………………………………… 17

寿亚子先生 …………………………………………………… 19

张家口 ………………………………………………………… 20

连队歌篇 ……………………………………………………… 21

发票贴在印花上 ……………………………………………… 23

临别 …………………………………………………………… 26

再见吧,北平 ………………………………………………… 28

给美国人 ……………………………………………………… 30

饥荒 …………………………………………………………… 32

蒋家四则 ……………………………………………………… 33

爷爷 …………………………………………………………… 34

他们来了 ……………………………………………………… 37

庞家堡 ………………………………………………………… 39

大娘 …………………………………………………………… 43

这是对全国人民的挑衅 ……………………………………… 46

诗二篇	48
黄河声	51
一队骆驼向内蒙古出发	54
难民	55
塞上农歌	57
我们的呼声	59
送葬	63
御河泣	66
家信	68
我们都请假待命	69
悼关向应同志 并叙	73
新解放小诗	74
打道钉	76
老大伯	77
晋北歌谣集萃	79
寄东江纵队兄弟	82
故乡	85
晋北民谣三则	88
蒋家杀人歌	89
我看见新的兵士	90
朔县城记事	94
原来是一个东西	98
新职业介绍	100
美国迷	102
武力决赛	103
小快板	105
给"元首"塑像	105

开上前线	107
热东前线纪行三章	111
发疯的枪	113
"独立"和独立	115
涿鹿农村即事	117
人民的幽默	121
哀诗人闻一多	122
奢侈	127
发票贴在印花上	130
诗抄	132
金缕曲	137
向山主清算	138
英雄阵地	140
诗二首	144
来	146
晋北自卫英雄记	149
蒋军兵士歌	154
毛主席	160
割麦人的歌	161
诗抄四首	162
南京民谣（注一）	165
写封回信寄后方	165
俘虏歌谣	166
承德，我们就要回来	168
歌三首	169
军事基地网	171
诗二首	173

新诗抄	175
旧歌新唱	175
祖国在殖民地化中	177
王小林	178
请问	180
露营歌	181
退出中国	182
绝笔联句	186
受尽蒋军百般蹂躏　盼望八路军早日回来	186
王贵与李香香	188
翻身歌谣	215
新年对联	220
黄炎培元旦赋诗	226
新春联语	227
兵余湖游	243
抗属盖房	244
苗得雨诗歌流传民间	245
蒋区人民的一首战歌	247
蒋区物价飞涨　士兵生活困苦	248
访苦歌	249
苏北民谣中的共产党和毛主席	250
蒋记公务员诉苦之歌	251
出征宣誓书	251

清脆的耳光
——狐鼠篇之三

严辰

有一位老先生□□大□,
□会□有不算太小的"□□",
大家说他阴险毒辣,
□□友邦□就□□地"善良"。

我们不会忘记
"九一八"□□一□□□□□,
老百姓愤怒□□□,
他老人家□要大家□□

八年来让别人去拼命,
他躲到了峨眉山顶。
到处挨着鬼子的打击,
却一样定心地喝着□□。

也许因为他是□□□□,
□□□了忍让的信条:
人家打你的左颊,
干脆把右颊也都送上。

可是对付"家奴"
□□不那么宽容,
尽管嘴里说得蛮甜,

心里毒得像蝎子尾巴一样。
他下令停止内战,
一面都在加修碉堡,
□飞机轮船运送军队,
不断地向解放区开枪。

□同意整编军队,
一面都征了扩充,
叫喊着"愈多愈好"。
计划美式的教练和武装。

在一个重要的会议里,
他做过一次漂亮的演讲!
停止非法捕人,
言论出版……都有保障。

但是,北平的"行营人员"
可以带了手枪跑进学府,
把女学生逼到饭店里,
直到深更□夜才释放。

军警宪兵和特务便衣,

黑夜里架起机枪，
把《解放》报的人员捉去，

一个个被殴打辱骂，绳索捆绑。
无论是上海北平重庆广州，
多少刊物报纸被禁止和停刊，
有的打着"××××"，
有的开着"天窗"。

难道他的眼睛昏花，
已经看不见血迹和"××"，
难道他的耳朵□了，
再听不见哭声和枪响□。

一分钟前庄严的□□，
难道那么容易忘记；
居然不知道害羞，
自己一记记打着清脆的耳光。

——啊！这是他一贯的手法，
表面上变得冠冕堂皇，
幕后却在牵着线，
玩弄那一套又一套的花枪。

十手所指，十目所视。
我们要揭穿他的诡计，

撕下那黑色的斗篷，

扎扎实实给他几记清脆的耳光！

　　四月六日正午，闻《解放》报诸同志被非法逮捕后写

（《晋察冀日报》1946年4月14日，《每周增刊》副刊第11期）

哀 歌 七 章
——悼若飞同志等"四八"殉难者

一

但愿我是在梦里，

当我醒来的时候，

他们还活在人间。

二

假若民间的神话可以实现，

我情愿献出自己的生命，

换取伟大灵魂的再生。

三

真的，真的他们死了，

一万把刀子割着我的心，

我——在炮火里并不懦弱的人，

此刻，

悲伤的眼泪滚滚流下。

呵，群星自祖国的长空陨落，

祖国民主的大船，

行进在浪涛险恶的海上，

突然失掉乘风破浪的水手。

我放声痛哭，

他们，他们真的死了。

四

苍天大雾呵我不恨你，

撞碎的飞机呵我不恨你，

高大而荒凉的黑茶山，

我也不恨你。

我知道他们为什么冒险奔波，

我知道他们为什么殉难在路上，

我知道，我知道……

我只恨独夫，

只恨暴政！

五

在烈士的灵前，

在红色的旗帜面前，

千百个兄弟垂头痛哭，

让悲痛的泪水奔流吧！

让仇恨的江河泛滥吧！

六

我听到聂司令员沉痛的号召,

我听到工人悲愤的呼唤,

我听到兄弟们,

向烈士的英灵,

向亲爱的毛主席,

向祖国苦难的人民,

从悲痛的心头高声宣誓了:

废除独夫暴政!

七

真的,人民的伟大战士,

真的死了吗?

他们,他们还活在人间。

(《晋察冀日报》1946年4月21日,《每周增刊》副刊第12期)

狐鼠篇

严辰

遣散

那个签订□卖国的《何梅协定》,

发出过一网打尽新四军的密令的

屠夫的血手，

如今又想挡住

全国人民敏锐的眼睛：

"伪军已全部遣散"，

无赖地撒起漫天大谎。

我们完全懂得这一手，

你们的军队是早经"遣散"过的：

当抗日战争激烈的时候，

你们就把吴化文"遣散"，

把庞炳勋、孙殿英"遣散"，

把方先觉"遣散"了；

你们把几十个将领"遣散"给日本，

把几十万"国军""遣散"做伪军。

(你们该多么感激呀，

对那大日本保险公司！)

抗战胜利了，

你们又手忙脚乱地，

把伪军"遣散"成"国军"，

委他们做"先遣军""省防军""各路军"……

你们把他们"遣散"到城市做特务，

"遣散"到乡村做土匪，

"遣散"到东北发动内战，
"遣散"到解放区进攻人民。

此外，你们更把敌产"遣散"进自己的腰包，
把黄金"遣散"到巴西的树胶园，
把汉奸"遣散"在别墅里，
把上万妇女"遣散"到"四马路"上。

你们把工人"遣散"出工厂，
把农民"遣散"出乡村，
把光明"遣散"进黑暗，
把活生生的"遣散"到死亡。

唉！
这样的"遣散"！
请少作点孽吧，
神圣的祖国
很快就要被你们"遣散"得精光。

问你反动派

一

"一二·一"
"二·一〇"
"三·二二"
"四·二一"……
反动派，

在你们当权的日历上，
到底有没有那么一页，
还能保持半点儿清白？

（呵！
你们的时间，
是用人民的血所贯穿。）

"昆明惨案"

"南浦惨案"
"中山公园事件"……

反动派，
在你们统治的地区，
到底有没有一处，
还能找出半块的干净土？

（呵！
你们的空间，
是用人民的尸体所填塞。）

二

多么残忍！
你们想用人民的血，
来喂饱行将就木的身体；
你们想用人民的白骨，

作为专制统治的奠基。

可是，不要做梦吧！
人民的仇恨的血海翻腾，
要教你们一个个灭顶；
人民的血骨铺成的道路，
□

(《晋察冀日报》1946年5月5日，《每周增刊》副刊第13期)

青年之歌

艾青

早上的风吹动树枝
树上群鸟正在歌唱
我们走上我们的路
我们的路又宽又长
我们是青春年少

热情在胸中激荡
我们的脚步坚定
我们的呼声响亮

我们热爱自己的祖国
祖国真是满目创伤

我们热爱自己的同胞

同胞真是劳苦坚强

我们的队伍好比黄河

汹涌澎湃壮阔浩荡

巩固和平实行民主

勇往直前谁敢阻挡

一九四六年国际劳动节

（《晋察冀日报》1946年5月5日，《"五四"特刊》）

石人村　泪不干

泾水生

石人村，泪涟涟，

十家八户断炊烟，

日本人在时心熬煎，

王英队伍来了苦连天，

媳妇姑娘被强奸，

六十岁老婆也难免。

十月初一阴沉沉的天，

王英队伍下北山（指采梁山），

青苗地里放牲口，

遍野山药全挖完，
家里存粮无一颗，
眼含泪花望青天。

十冬腊月天，
寒风呼哨大同□，
石村人啊！心痛酸，
大人孩子没衣穿！

卸河的水，结了冰，
石人村的人们蹲在房子里打寒战，
董儿趴在炕沿上，
张着小嘴问妈说：
"山羊皮袄叫谁穿？
过年的花衣裳为啥也不见？
姐姐病了心难过（被奸后生病），
给她买点糖水喝！"
妈妈不说话，
一缕热泪滴在董儿心窝边。

王英队伍上北山，
东西压得马腰弯，
兵们手提大油瓶，
身上缠着破衣片，
油嘴哼出"采花歌"（奸污女人之意），
喜气洋洋向回返。

石人村啊！心痛酸，

眼泪湿透枕头边。

（《晋察冀日报》1946年5月13日，《每周增刊》副刊第14期）

家

笑白

我的家，
住在淮河岸旁，
隋杨堤上。
自从沦陷敌手，
自己的弟兄便武装起来，
保卫着自己的家乡。

我记得，
在一个大雪纷飞的日子里，
八路军新四军的铁骑，
又星夜里向我们家乡奔驰，
他们生怕自己弟兄们的队伍孤单，
受到袭击……
从此啊，
我的家乡，
就更有生气，

人们就如同生活在春天里。

★★★★★★★

就是那年我离开了你,
再也得不到你的消息……
当我看到刘子久同志,
给淮北区党委的信时,
才知道,
我们自己的弟兄们,
从你的怀抱里,
暂时被逼走了。
反动派强拉着敌伪的血手,
又在这里安下了牢狱,
我系念着的家乡啊!
你复活的日子,
又到了。
传来一张一张捷报□,
弟兄们又回到淮河岸上,
自由地欢笑……

我解放了的家乡啊!
曾几何时,
你又被反动派抢占去,
瘟神又统治了你。

如今春来了。
淮河的水,
又荡荡地流起来了吧!
隋杨堤上的杨柳,

已发芽了吧！
可是，你在苦难的岁月里，
丝毫也感不到春意……

我多难的家乡啊！
我惨遭鞭笞的乡邻啊！
我在这辽远的塞外，
遥祝你们，
有着春天一样的活力，
有着淮河流水一样的猛□，
让反动派在浪涛中淹没……

（《晋察冀日报》1946年5月19日，《每周增刊》副刊第15期）

收 到 棉 衣

红杨树

塞外的风哟比水凉
前线上收到了棉衣裳
捎句话儿送回乡

热血创造了好土地
好土地送来了棉衣裳
塞外的风哟比水凉
姊妹爹娘的心肠热

夫妻们的恩爱长

棉花厚,心肠热

密密缝,恩爱长

穿上了棉衣裳

眼望着东南方

好战士

知道怎样回答他的好土地

怎样回答他的好爹娘

塞外的风哟比水凉

前线上收到了棉衣裳

捎句话儿送回乡

(《晋察冀日报》1946年5月19日,《每周增刊》副刊第15期)

寿亚子先生

邓拓

侠骨豪文耸九州,
常持直道不身谋,
风传南社千秋调,
目触危邦万斛愁。
投檄弃朝难耐辱,
鸣仇议政自分流,

商山楚水都陈迹,
说法竺昙有杖头。

万卷书城一笔倾,
斗南今日颂高名。
幽忧早动乘桴志,
晚节尤深济世情。
六十春秋吟楚些,
八荒风雨听鸡鸣。
沧桑阅尽心犹壮,
一念延都接莫京。

(《晋察冀日报》1946年5月28日,
《柳亚子先生六十寿辰特刊》,《副刊》第2期)

柳亚子先生六秩寿诗四章

于力

其一

满地干戈尽海陬
男儿报国足千秋
耆英兼报陆沉想
侠士常先天下忧
人物一时倾旧社

声名晚节冠南州
妖氛寇迹今都扫
早掉巴渝出峡舟

其二

剑外仍屯百万师
阻兵梁益得归迟
贤豪共仰徐孺子
山斗争高韩退之
属道未收黄皓政
锦江好续沁园词
拿云正要屠龙手
旦夕新篇慰所思

其三

诗多变雅过湘来
岷岭云浮一笑开
素裹浅装成短什
明珰翠羽付寒灰
大江东去无双士
团扇西遮避众埃
近喜清流除党籍
莫重相溷出群才

其四

延安属望是新生

解道光明接莫京

国乐即今尤坎坷

庙谟可要费经营

何当白日高歌去

准拟青春结伴行

清醑一杯倾潋滟

南天遥祝老人星

三十五年五月二十六日，后学于力未定草

（《晋察冀日报》1946年5月28日，
《柳亚子先生六十寿辰特刊》，《副刊》第2期）

寿亚子先生

杨朔

一

北地莺花春烂漫，

江南瘴疠雨连绵，

拨云横扫千钧笔，

定是人间谪降仙。

二

先生高义射牛斗，

风雨神州一泰山，

今日巍然齐下拜,

寿星自古是童颜。

(《晋察冀日报》1946年5月28日,

《柳亚子先生六十寿辰特刊》,《副刊》第2期)

张　家　口

其矫

塞上的城!

为山环抱,为河流贯穿,光明的城!

电气的城!烟囱,水塔,树木覆盖的城;

拥挤的人群匆忙地在街上来往,

每一分钟都是紧张的,是工作的城!

农民和牧人从数百里外带着货物来到这里,

主妇购买丰富的食品回家去。

有着正常的生活,安定而幸福的城!

早晨,中午,日落,工□□汽笛亲密地呼应,

火车满载乘客轰然进入车站,钟在敲打,

是繁荣的城!热情,友爱,壮丽的城!

街上贴着红色绿色的公民榜和选举标语,

飘扬旗帜的天空出现执行部派来的飞机,

是和平的城,民主的城!

反动派恐吓不倒的城,钢铁的城!

是每个人的城又是众人的城!

许多青年从别的城市走来了,

冒着生命的危险、舍弃一切投奔这个城;

我又听说进犯军中有士兵携枪械投诚过来,

因为受了光明的吸引,因为这城有万人的爱。

城啊!你还要继续不断地高出,

在好战分子的枪弹叫啸中你加紧建设,

为了全中国,建造这个城,成为地上的高塔!

并在以后的年代中成为光荣的城,

因为你是人民的,而人民正□走向胜利!

一九四六年五月

(《晋察冀日报》1946年6月1日,《副刊》第6期)

连队歌篇

吴群

一 边墙口

边墙口呵,

天天刮风沙。

守卫战士,

放哨想起了家。

想起山坡开荒种北瓜,

想起点豆回来摘黄花,
想起快要帮助麦收了,
又想起滹沱河水哗啦哗啦……

想起了家,
战士仇恨满心洼,
要不是反动派制造内战,
那还用在这守卫吗?

想起了家,
想起反动派阴谋屠杀,
想起他们还想叫人当牛马,
战士气得直咬牙。

边墙口呵,
天天刮风沙。
战士把枪握得更紧,
眼睛睁得更大。

二 给打靶战士

操场立起人形靶,
战士们一个个卧下,
举起枪来,
瞄准朝着它打。

把标尺定好,
把右眼睁大,

瞄了再瞄,

不叫它有点偏差!

别嫌累呵,

别怕乏。

你练不好枪法,

怎能把敌人射杀?

认真瞄呵,

别耍滑,

对敌人不要宽容,

让愤怒的子弹对准它……

(《晋察冀日报》1946年6月8日,《副刊》第13期)

发票贴在印花上

马凡陀

编者按:此文录自四月十五日南京《新民报》晚刊,为使读者容易了解,特在必要之处加以注释。

发票贴在印花上,(注一)

蔻丹拓在脚趾上,

水兵出巡马路上,

吉普开到人身上。(注二)

黄埔水到阶沿上,

房子造在金条上,（注三）

工厂死在接收上,

鸟巢做在烟囱上。

演得好戏我来看,

重税派在你头上,

学生募捐读书钱,

教师罢工课不上。

仓库皮子一把火,

仓库馅子没去向,

廉耻挂在高楼上,（注四）

是非扔进大茅坑。

民主涂在嘴巴上,

自由附在条件上,（注五）

议案协定归了档,

文章写在水面上。

米粮落入黑市场,

面粉救济黄牛党,（注六）

财政躺在发行上,

发行发到天文上。

上海跳舞中国饿,

十九个省都闹荒,

收购军米免征粮,

树皮草根啃个光。（注七）

百姓滚在钉板上,

汉奸坐牢带铜床,（注八）

曲线软性是救国，

地上地下往来忙。

南京复员拆篷户，

广州迎驾砖砌窗，

力气使在市容上，

四强之一叮叮当。

一九四六年四月十一日

（注一）国民党区印花税特重，以致印花面积大过发票，好像是发票贴在印花上了。

（注二）此两句指美军在上海的情形。

（注三）在上海租房，押金多以金条作计算单位。

（注四）上海国际饭店高楼上挂"礼义廉耻"四个字。

（注五）"五五宪草"第九条至第十七条规定人民之各种自由权利均加以"非依法律不得限制之"等字样，实则是依"法律"可以限制人民之自由权利。而此等"法律"，国民党可随意订之。

（注六）此两句指联总救济物资在国民党区之下落，黄牛党指垄断火车上黑票买卖之组织。

（注七）抗战胜利后国民党宣布某数省可免征田赋一年，但不到数月后，所摊派之军粮往往超过田赋数倍，以致逼得人民吃草根树皮。

（注八）此两句指国民党监狱对老百姓施以滚钉板之刑，而汉奸在监狱却睡铜床，坐沙发。

（《晋察冀日报》1946年6月10日，《副刊》第15期）

临　　别
——记复员战士

"同志们！
让我再握一握手！"
他两足站定，
庄重地行敬礼。
"从此啊！
我又回到生产中去。"

他——
依恋的热泪，
滴在心窝里，
回过头来，
把亲热的话，
再说几句。
"——不！"
我应当欢喜。
胸前的红花耀眼，
用自己的血汗灌溉。
红花在笑着，
它标志着胜利。

告诉你——
亲爱的同志！

那一支三八枪，
我实在舍不得放弃。

它是我——
从鬼子手里夺来的。
我又用它，
打死鬼子，
争来了——
政协决议。

可是法西斯派把它当成白纸，
你听！
他们无时不在擦枪磨刀，
向和平人民杀去。

要切记——
我那一支三八枪，
千万莫要锈了油泥。
万一风吹草动，
它还是我的。

为巩固和平奋斗吧！
我去给你们种粮食。

（《晋察冀日报》1946年6月12日，《副刊》第17期）

再见吧，北平

司徒达

再见吧，北平！
我带着一颗沉重的心离开你，
但我怕回顾你憔瘦的身影。
只要一想起你那憔悴的面孔，
你那破碎又微弱的声音，
和你这数年来深重的苦难，

我就无法压抑我心头的悲愤！
不要炫夸颐和园或北海景色的秀美，
不要骄傲古都的典章文物，
也不要满足故都深巷的幽静！
而广大的人民早失去欣赏古玩的心情，
他们却正吞饮着酸辛的眼泪。

我提醒你，北平，你的血液快被吸吮干净，
反动派正拿你的鲜血去杀害故都的人民。
你看，街头的碉堡工事……
你看那横视阔步的党棍们和无耻的特务，
他们都是吸血鬼，都是绞杀人民的刽子手！
他们的职业就是发财和内战，
任意敲诈逮捕和暗害人民，正是他们法定的自由；
他们都是丧尽人性的动物，

愚弄，造谣，借端杀人却是他们的天性。
就这样，北平变成了大监狱，
就这样，人民失去了所有的权利和自由！
如果有人忍不住了，偶然叫喊几声，
也许当天夜晚就有人来敲门，
接着是官方报纸宣告你"失踪"。

工厂里的烟囱再不冒烟，
物价却日日飞腾！
大批的男女流落到街头卖淫乞食，
百十万的人民啃着窝窝头度日；
可怜的小职员常常上演自杀的悲剧，
这文化古都早就失却了昔日的宁静。

啊啊！北平，你血管里长满了毒菌，
你正害着严重的贫血症。
你被窒息了，你想喊，
但有时候，你竟没有一点声音。
无怪我常常只听见你悄悄哭泣，
你难道已丧尽了大喊大叫的气力？

我分明看见你咬紧牙根，擦着拳头。
但现在，你却悲愤地悄悄啜泣。
你生来并不如此脆弱，
"一二·九""一二·一六"是你不朽的杰作。
在争民主的岁月，你曾掀起这巨大的风浪，

你的名字曾被歌者长久地颂扬！

你的光荣永垂不朽，

而今天仍有无数的眼睛注视着你的动静！

（《晋察冀日报》1946年6月20日，《副刊》第25期）

给 美 国 人

严辰

你们——美国的外交官们，

你们在买卖上讲究信用，

你们绅士的格言：

名誉是第二生命。

可是，你们为中国的和平民主，

曾做过的许多庄严声明和保证，

现在还值多少美元一斤？

你们——赫尔利们，

鲍莱和《新闻周报》的记者们，

是你们说的吗？

"尽量在沈阳建立根据地"，

"满洲是美国的新国界"……

多么厚颜无耻，

你们竟毫不掩饰地暴露了

帝国主义侵略的野心！

你们——被称为大孩子的

美国的士兵兄弟们,

我们多么感激,

你们那救援和义愤的热情;

但是,当中国已经解放,

你们为什么还迟迟不撤?

巨大的航轮穿过波浪,

不是愉快地驶向东方,

却为帮助内战发动者运兵。

你们——像中国的母亲和妻子,

一样流过眼泪的,

美国的母亲和妻子们,

为了求得和平,

你们已经付出了很多;

难道还能再等待?

——快要回去吧,

要回那给中国的母亲和儿子

带来新的不幸的

你们的儿子和丈夫们。

你们——你们美国人呵,

你们不知道吗?

曾经被昭和年造的枪打死的,

善良的中国人民,

今天正在 U.S.A 的弹雨中丧身。

你们不知道吗？
你们电影和画片上的，
拖辫缠足，长跪屈膝的奴隶，
早已不是今天的中国人民！

你们——你们美国人呵！
请你们睁亮眼睛：
打垮了的日本法西斯，
何尝不曾用"亲善"的面目出现；
以朋友资格而来的你们，
千万不要招致了中国人民的仇恨！

（《晋察冀日报》1946年6月21日，《副刊》第26期）

饥 荒

栗少三

湖南——
昔日稻米仓，
今日闹饥荒。
集市卖儿女，
两千一女郎。

县长书记长，
私吞救济粮。

少爷结婚礼,
一千万大洋。

官逼民来反,
群众起抢粮。
官用兵来杀,
剖腹解肚肠;
只见有青草,
不见一颗粮!

(《晋察冀日报》1946年6月22日,《副刊》第27期)

蒋家四则

修

一

蒋家一意争独裁,
妄动干戈造祸灾,
人民岂肯做奴隶,
风起云涌制独裁。

二

蒋家素来言无信,
说得漂亮做得脏,

民言："他真脸皮厚",
生来横行就如此。

三

蒋家压迫人民苦,
戕杀人命不计数,
征粮逼死程懋型,
丧尽天良狗特务。

四

蒋家向来做走狗,
前靠日本今靠美,
出卖内河航行权,
多般无耻树皮厚。

（《晋察冀日报》1946年6月24日,《副刊》第29期）

爷 爷
——蒋区杂诗

路块

天苍苍,
水茫茫,
一个黑点在水中央。

爷爷麦晌在插秧。

水有边，
活儿没有完，
爷爷的汗珠流不干，
爷爷活了七十年，
从早忙到晚，
没有一天得空闲。

要喝水，
有大淀；
要吃饭，
棒硬的干粮难下咽，
可怜爷爷的牙齿坏，
嚼起饽饽来真遭难，
种田人吃不上白米饭。

不吃苦，
难得甜，
爷爷希望有一天：
老了不能跑，
老了不能颠，
冬天坐在炕头上，
一家子团圆有饱饭。

六月里，
连雨天，
爷爷的心里好不安，

觉儿睡不着，
半夜里打着灯笼堤上转。

风来了，
雨来了，
大水把堤冲破了，
爷爷一见着了急，
穿着衣服往缺口跳，
堵着那缺口水不流，
不怕那洪水像牛叫，
等到村民来到了，
把堤打得顶天高。
丰收年，
米成山，
摊罢粮食又要款，
今天赶集去籴米，
整袋大米往外搬。
把细粮籴出籴粗粮，
大米也很贵，
高粱更不贱，
闹不上吃也闹不上穿，
爷爷没有流过泪，
早把眼泪变成了汗。

(《晋察冀日报》1946年6月26日，《副刊》第31期)

他 们 来 了

——长诗《青色的城墙》之一段

白桦

列车从前门站爬出来了
载着成千成百的劳动者、小商人
和一些乔装了的激动的青年……

他们是到那里去的?

他们暂时把那地方的名字
秘在心里;但是,它却在
他们灵魂的内部放光
又在向他们遥遥地招手

好!不用说即会知道
这就是张家口,这就是那"人民的城,美丽的城"(注一)

人民向往这北方的大城
已经好久了,它的名声已经
好久便响亮地传播到四方
已经好久,便变成
一个奇迹的号召

一个幻想者,会要叨念:

"显然在北方，在柔和的天底下
在棕榈树褪色的地方，有旁的园林"（注二）
——一个新而丰饶的园林

不过，人民喜欢它
是因为它表现着一种意义
他们相信，这里所进行着的事业
都是为人民服务的
都是为人民创造幸福的

张家口，新的张家口
它是广大解放区里的一个据点
一个辉煌的据点

而所有的解放区都是
中国人民真正自由的领域
都是被法西斯暴徒继续
压榨剥削着的人民
所憧憬不止的土地

法西斯反动派统治的地方
已经遭到广大人民的离弃
所以，成百成千不甘窒息的
被压迫与被损害的人们
挤上北行的列车

他们不怕居庸关上林立的碉堡

也不怕青龙桥畔

重重的检问，森严的卡哨

他们来了

他们要来的

　　（注一）艾青的诗句

　　（注二）纪德的诗句

（《晋察冀日报》1946年6月27日，《副刊》第32期）

庞　家　堡

王曼硕

　　今春在庞家堡矿区工会做了将近三个月的工作，常在星期天或休息的时间和工友们在一起，回忆回忆过去和谈谈现在。下面这首朴素的诗，就是当时工友们你一言我一语经常谈的事情和语言，我只稍加整理，并为它作了几幅插图。

一

庞家堡，铁矿山，

敌人统制了七八年，

工人受尽剥削和摧残，

疾病不断，死亡上万。

今天西部一区（注一）山脚下，
坟堆数不清，白骨到处见。

工人多是庄稼汉，
家乡的房子被烧掉，
没吃又没穿，
被迫才到这矿山。
或被征来做苦力，
逃走抓回加脚镣，
生路从此见不到。

山高，风大，
五月的天气，飘雪花。
十冬腊月冰雪满山，
衣服单薄没法办，
披上棉被，围上麻包，
北风吹得直打战，
皮纸烂棉脚上缠，
山坡冰滑行路难。

饭食更坏，吃不饱，
身上又冷，肚里又空，
每天被逼去上工，
半途倒毙没人问，
工友逢到只酸心，
你今天，我也许明天，

咱们的性命都快完！

二

自从去年八月底，

八路军来到这矿山，

打走了敌人，

解放了工人，

才得吃饱和穿暖，

同是十冬腊月天，

吹风下雪不觉寒，

病人少，死人更不见。

今年开工后，

工友干活更高兴，

空车皮，

过去两人推一个，

现在一人推一串，

过去打眼（注二）故意打得浅，

浪费炮药，少出红（注三），

使敌人少造些枪炮，

杀少些自己的同胞。

现在干活为自己，

打深眼，多出红，

炼铁炼钢造工具制机器，

建设民主的新社会。

反动派，破坏了和平，

不履行协定，

不恢复交通，

使这样好的红，

不能到处运行。

打眼便想起了反动派，

打眼当作向他们头上钻，

越钻越起劲，

要把这些坏家伙钻完蛋。

现在，我们要加油干活，

我们要加紧生产，

我们要把自己的矿山搞得更好，

这是我们解放了的工人的责任，

这是我们解放了的工人的心情，

因为现在和过去不同。

（注一）西部一区是矿山的一个地区名。

（注二）打眼是用凿眼机钻眼的简称，眼打好后再装上炮药炸矿石。

（注三）红，矿山工人称铁矿石叫作红。

（《晋察冀日报》1946年6月28日，《副刊》第33期）

大　娘
——短歌之一

李冰

长城缠在山腰上，
山底下有村庄，
大队人马翻过岭，
进村去，
大槐树底下歇歇凉。

老大娘站在大门上，
手托着下巴不说话，
眼睛不转地望什么？

我跑到井边要喝凉水
大娘急叫住我：
"别喝凉的，
进家来给你烧热汤。"

我们坐上炕，
大娘点着火叙家常：
"家里没别人，
就是我跟这盘豆腐磨，
一个儿子是子弟兵，
牺牲在卓资山上。"

大娘的眼里没有泪，

望着火苗，

望着我们：

"每逢队伍过，

我就站在大门上，

一样样的灰军装，

一样样的枪，

都像是我那儿子，

又都不一样，

再也找不见他那模样。"

热水递在我们的手，

热泪掉在她心上，

红了的眼睛向外望，

不让人看出她是一副软心肠。

"大娘，你别伤心，

我们一千个子弟兵，

能不能顶你一个亲儿子？"

大娘的眼睛火样亮，

脸上的皱纹微微的笑；

"你们忘不了我，

我死了，

铲儿锹土把我埋上；

想起来，

妇救会主任当了五年，

八路军我看见千千万，

记得反扫荡，

我提上豆腐捉上鸡，

背上新鞋找你们，

一夜翻过三道梁。"

一道血脉心连心，

眼前坐的就是亲娘；

老松树枝儿不怕霜，

年老的娘和儿子一样刚强。

大娘送我们到门外，

像嘱咐她的亲儿子：

"见了你们我心宽些，

看不见你们我心慌，

孩子们，

回来再到我门上，

不吃稠的喝口汤。"

"大娘，你等着，

秋上回来给你割谷子，打场。"

走到村边再回头望，

大娘站在大门上;

辛苦的老人,

子弟兵的亲娘,

风丝丝吹乱了灰白头发,

刚强地立在长城边上。

(《晋察冀日报》1946年6月30日,《副刊》第35期)

这是对全国人民的挑衅
——狐鼠篇之七

严辰

反动派,

像散布疫病的瘟神,

他的黑手伸到哪里,

罪恶和悲惨就在哪里产生。

今天的南京,

就如昨天的重庆,

ＸＧＯＡ依旧天天在造谣,

报纸上依旧印满了谎话,

特字号的狗儿依旧到处横行。

那传达百万人的愿望的,

上海的请愿代表们,
被千余暴徒殴辱了;
在刚下火车的第一步,
在军警袖手旁观之下,
在五小时长的时间里,
在堂堂的首都南京!

——只是由于代表们,
不像反苏游行的"好汉"一样,
被用汽车接送,
有人给捧上面包和点心。

——只是由于代表们,
违背了"瘟神"的意志,
居然要求驻华美军撤退,
(那好比剪断了木头人的提线)
要求全面的长期和平。
(教屠夫放下他的刀子)

你们,中宣部的老爷,
就在前天还拍着胸吹牛:
"保障人权办法
……仍不断加强,"
哦!原来如此,
你们的"司马昭之心"!

为了掩饰自己的罪过,

你们反咬人一口,

诬蔑请愿者"假冒民意";

那么你们的官意是什么?

是坚持内战,

是要扼死民主自由,

是决心要虐杀无辜的人民?!

好家伙!

这不仅是一桩血案,

这是一通哀的美敦书,

一个对全国人民露骨的挑衅!

(《晋察冀日报》1946年7月2日,《副刊》第37期)

诗 二 篇

一 歌颂舵师毛泽东

在七月的日子里我们更想念着你——

敬爱的毛泽东同志,

你带领着从苦难中生长起来的"奴隶",

搏斗在七月的大路上:

大革命的风暴,十年血的鏖战,

二万五千里的征途，

八年伟大的民族自卫战争。

如今：又是争取民主保卫和平的时代，

像马达一样，你推动着祖国的巨轮前进。

★★★★★★★

你的名字照亮了祖国辽阔的原野，

你勇敢，敏智，

你倔强，坚定，

有你的带领我们永远向着太阳，

有你的抚育，我们将更加坚强！

因为，你的声音就是人民的意志，

你的号召就是力量。

我们永远跟着你前进，

像暴风像烈火，

烧毁那些玩弄火把的人，

铺平我们这七月的大路，

建造起一个美丽的民主世界。

★★★★★★★

我们的邻家是从十月的烟雾中成长，

而七月的日子则是我们生命的起源！

他们可以无穷地以英明的约瑟夫为骄矜，

我们却以歌唱舵师毛泽东而高傲。（小兵）

二　跟着共产党走

鬼子大炮一声响，吓得国军弃枪逃。

塞外城市张家口，从此断送在敌手。

敌人统制真凶恶,要捐纳税数不清!
配给制度黑豆面,吃上准叫你拉稀。
百姓从此陷火坑,两肩负担泰山重。
整天愁眉不展眼,谁都发愁一碗饭!

学生儿童都失学,拿起煤筐捡煤核。
纵然就是上学校,学的尽是日本语。
讲的尽是敌人好,不叫你问谁是敌。
不然痛打你一场,罚你跪在庭院中。
孩子回家来诉苦,父母含泪咽在心。
只盼祖国军队来,赶快发兵来解放!

去年八月秋天里,人民盼望才实现。
人民救星共产党,英勇抗战八路军。
打跑凶暴小日本,才得解放张家口。
自从共产党这一来,苛捐杂税都取消。
斗争汉奸讨血债,百姓有权是民主。
每天吃上白馒头,过年还要包饺子。
这回百姓喜洋洋,人人歌颂共产党!
从此百姓有靠山,生活不愁没安宁!

上学校里真民主,先生学生一家人。
日本鬼子那体罚,再不受他兔子气。
民主政府真周到,贫苦学生得复学。
学生组织学生会,自己事来自己办!
现在他们懂得了,社会主人是自己。

父母看见真欢喜,吃水不忘掏井人。

至此想到共产党,真是穷人大救星!

唯有跟着共产党,才能走向光明路!(修)

写于铁路学院初级班

(《晋察冀日报》1946年7月4日,《副刊》第39期)

黄 河 声

庞善秀

一

我跑下青海山岭,

来到西北高原;

离开了浮云的高空,

走向人间。

我穿过了甘肃,

又奔向陕边。

啊!这里人们的生活,

多么美满!

有多少繁荣的城镇,

有多少美丽的田园!

有多少煤铁的蕴藏!

有多少石油的喷泉!

我看见：

多少工作人员在埋头苦干！

多少老百姓在那里狂欢！

多少儿童们在那里读书！

多少长老们在那里谈天！

我听见真理的雄壮的呼唤！

我听见到处充满了抗敌的歌声！

啊！这里人们的生活多么愉快！

这里的人民多么富足！

这里的革命青年多么富有生命力！

这里的领袖多么英明！

这里有中国人民自己的导师毛泽东！

这里有劳动英雄吴满有！

这一切使我依依不舍，

一切都令我恋念！

二

但我得继续向前，

从潼关一直奔向济南！

啊！这里的一切竟完全改变：

炮火连天；战斗正酣；

兄妹逃亡，妻离子散，

尸横遍野，血染河山！

人民依然遭受着苦难；

无辜百姓多么悲惨！

这原是反动派的"功勋"。

这原是中国法西斯的"善政"!
我憎恨,我愤怒,
我高声唤起黄河两岸千百万人民,
向法西斯作坚决的斗争!

三

当我跑过利津,
到了茫茫的渤海湾;
正巧碰上一艘美国军舰,
原来他们是运兵到东北;帮助反动派打内战。
于是我怒吼起来,
用全力,去撞击他们的船舷;
惊动了舰上的士兵,
他们拿着望远镜向四周瞭望,
我向他们呼吁:
向他们呐喊:
"莫干涉中国内政,
莫帮助反动派运兵;
莫倡导反苏反共,
莫扰乱世界和平。"
他们如同没有听见,
我气恼地翻起了波澜,
撞击着他们的兵船。
我和这些士兵无仇无怨,
我不忍把他们驱入死亡。
渐渐的,我远离了他们,

继续地向海洋奔腾!

我准备走遍亚洲,

为和平呼吁!

我准备走遍世界,

为和平呐喊!

(《晋察冀日报》1946年7月6日,《副刊》第41期)

一队骆驼向内蒙古出发

其矫

在阳光灿烂的一天,

一队骆驼向着内蒙古出发,

上面是穿蒙服的商人,围着彩色的腰带,

下面是宽大的蹄子,迈着自信的步伐,

他的每一步都带来一声清亮的铜铃,

一队骆驼就合成一片和谐的歌声;

他们走过去了,铃声还在空中震响,

听着这缓慢的节奏,牧歌的旋律,

使人想起那广漠无边的丰饶的草原。

他们远去了,向着北方,

运载布匹和日用品供给各盟旗的人民。

并把和平民主的消息告诉他们,

这是战争胜利以来最初的通商呀!

祝福你们，祝福你们为繁荣察锡盟人民辛劳！

祝福你们好买卖！祝福你们胜利归来！

（《晋察冀日报》1946年7月6日，《副刊》第41期）

难　　民
——狐鼠篇之八

严辰

难民，难民！

在老爷们独裁的铁蹄下，

造成了千千万万的难民；

难民的血汗被吸干，

难民的骨头被啃干净。

难民，难民！

如今连"难民"二字，

也被老爷们看中了，

他们把这当做遮尸布，

掩盖着杀气腾腾的黑心。

"难民""难民"！

当他们去捣乱军调部时，

就说是河北的请愿"难民"；

当他们进攻解放区时,
就说是"还乡"的武装"难民"。

"难民""难民"!
在下关车站打人的,
又成了什么"苏北难民"。
真巧妙!请愿捣乱假冒"难民"。
阻止人民请愿也假冒"难民"。

"难民""难民"!
他们的身份特殊,
他们的衣着摩登,
口袋里"麦克麦克",
手里是棍棒和左轮。

"难民""难民"!
他们从不会种田做工,
抢劫行凶是唯一的本领。
他们散播着丑恶,
把巨大的灾难带给人民。

难民,难民!
真正的难民却流落后方,
老爷们何曾去过问一声;
坐轮船没有他们的票,
救济没有他们的份。

难民，难民！

真正的难民，遍布各省，

他们卖田地，卖妻女，

吃观音土，吃树皮草根，

最后还被老爷们当"土匪"枪嘣。

难民，难民！

成了难民的全国老百姓！

把假冒的难民铲除，

把造成难民的法西斯政治廓清！

(《晋察冀日报》1946年7月9日，《副刊》第42期)

塞上农歌

泾水生

一

五月的塞上多美呵！

——果花一片白，

云朵卷天飞。

说起这塞上人们的心，

真比往年爽亮啦。

犁头荷肩膀,

吆号黄牛往塞坡,

沙土,喟肥粪,

——雨水喝足啦;

谷穗长成狗尾巴,

莜麦能打六斗八。

二

皎皎月儿挂天空,

老人哇,

壮年哇,

围在街心呱哒啦,

"毛主席呀,

心海宽,

看在庄户人,

想在庄户人,

他说庄户人要管家。"

"今年也是种地呵!

可比往年盼头大!

麦子花好香!

苦害八年缺吃穿。

安下五谷多打粮,

甜在人心上。"

呱哒哇,

记明啦,

合伙笑咧嘴巴唱开啦:

"耕三耙四哪哈,

锄耧八遍呀,

八米呀哈三糠嗨。

组织起来哪哈,

拨工又减租呀,

穷人富人呀哈,

光景过个好哇。"

(《晋察冀日报》1946 年 7 月 10 日,《副刊》第 43 期)

我们的呼声

郭光

你,

赫尔利的党羽,

华尔街的大亨,

只认识金元的军火商人。

白宫的执政先生

外交官

和喜欢别国土地的将军们,

请注意!我们的呼声:

我们受不了你们现在的"友情"。

"调解内战"的先生,

你们偏爱中国的黑暗,

疾视我们的光明,

你们对蒋介石半年的援助

竟超过抗日期间援助的两倍。

你们给蒋介石训练军队,

你们供给他坦克飞机;

你们给刽子手贷款,

操纵中国的财政;

你们大军云集我们的都市,

钳锁着水旱交通,

吉普车开向人身,

扯着血肉狂奔;

你们赠送他们战船,

派遣"军事顾问团",

合组"中美特工训练班",

不顾你传统的荣誉,

甘心做屠户的帮凶。

溯长江,

你们自由的航行;

跃黄海,

你们给蒋介石运兵。

你们无耻地喊:

"尽量在沈阳建立根据地"！

"满洲是美国的新国界"！

华尔街《新闻周刊》登载的地图

竟把中国涂成美利坚的颜色！

边做边说，

这就是你们的"实际主义"？

你们，

在去年莫斯科三国外长会议上

曾签字庄严的协定，

也做过多次的声明：

撤退在华的美军，

不干涉中国内政。

像舞台上的歌声，

动人的言词。

但是，曾几何时，

你们清脆的巴掌

打在自己嘴上，

竟肯这样的无情？

那是你们一时的糊涂？

还是不可告人的聪明？

（但任凭你们如何聪明，

中国内战的罪恶名单上，

已烙上你们的姓名。）

庄严的声明，

弥天的大谎；
"独立的中国"，
皮肉的羔羊；
把你们"国家的利益"
建筑在我们血泪的国土上；
你们嘴上"基地，基地"！
心里"战争，战争"！
贪婪成疯狂，
将幻想那无数的星球，
也被你们美利坚吞并。
中国人民完全明白了！
美国人民，
世界人民，
开始明白了。

警告你，
华尔街的大亨，
揭去你们脸上的伪善，
停止你们婉转的歌声，
中国人民不是瞎子，
我们将再看你的手脚
怎样行动，
决定我们的迎舍爱憎。

(《晋察冀日报》1946年7月17日，《副刊》第50期)

送 葬
——记一个倔强的老人

管桦

深夜

风厮打着

天在落雪

天在落雪了

在这冻裂了坚硬的大路上

抬着我们的老人

向旷野走去

慢一点走,啊,慢一点走

不要碰着棺材

惊动了我们的老人

慢一点走,啊,慢一点走

不要跌倒

死者一生未曾跌倒过

深夜

风厮打着

天在落雪

天在落雪了

猫头鹰在林中叫得瘆人

风在连山中号咷

不要怕

怕什么

在我们跟前有着这样一个英雄

一个宁折不屈的英雄

一条铁打的汉子

日本强盗

用烧红铁筷子

扎他的脊背

一根木棍登上八个人

在他腿肚子上滚动

逼他在人群里认出

哪个是八路军

我们倔强的老人哟

胡子根根倒竖起来

伸着他颤抖的双手

这老手

像鹰一样的老手

奔上去，一直奔上去

要把敌人撕碎

然而，他被射中了一弹

像一棵巨大老树般地

栽倒地上
胸膛紧紧贴着这冰冷
的地面死去了

这是多么倔强的老人哟
敌人也不能不赞叹
——好一个倔强的汉子
天在落雪

天仍在落雪啊
道路被遮盖了

慢一点走,啊,慢一点走
不远了
那片乌黑树林后面
人们为他挖着坑
看那飞溅的火星
土地冻得太坚硬了

不要问老人生长何处
就在这道乡河岸
不要问老人的出身
他是个穷苦的庄稼人
不要问老人的名姓
他的名字就叫郭振东

慢一点走,啊,慢一点走

不要跌了我们的老人

我们可敬爱的老人

(《晋察冀日报》1946年7月18日,《副刊》第51期)

御 河 泣

泾水生

  一天,我去阳高车站,和刚从大同御河边逃回来的小满拉起来,他啼哭得不成样子,说了好多悲痛的话,我把它写下来,让大家知道大同反动派是多么凶恶残忍。

——前记

河水呜呜流

流到天尽头

长官(注)下命令

家家都抽兵

哥哥含泪离开家

临走只说一句话

"谁愿拿枪杀自家"

白发妈妈吓倒地

呼天天不应

呼地地不灵

心裂撞死门槛下

老爹气成疯
红着眼睛告大同
走到城门口
哨兵拦了路
没问东，没问西
刺刀扎进心口窝

血花溅
哨兵欢
大同城下云遮天
夜半鬼声嚎
白天杀风卷

乌鸦叫
爹死了
御河岸边人奔逃

河水呜呜流
流到天尽头
庄稼荒
狗不叫
长官的天下命没保

（注）长官——就是指阎锡山。

（《晋察冀日报》1946年7月24日，《副刊》第57期）

家　信

远千里

（有人捎来母亲的信，战士两眼泪如麻……）

儿呀，听着娘的话，
千千万万别回家。
不是娘不想你呀，
不是娘心不牵挂！
黑间白日盼望着你，
打败鬼子早还家，
儿是娘身一块肉，
想儿想得老眼花……
二月里风春来看我，
说是复员回到家，
我说"上级心眼差，
为什么单单留下他？"
儿呀，告诉你说吧：
娘的岁数不小啦！
一心给你娶媳妇，
老年人就想抱娃娃……
谁知道哇，谁知道！
天大的祸事临头啦！
中央军包围咱的村，
抢东抓西把人杀！
你的弟弟才十五，

聪明伶俐人人夸,

学校里常常考第一,

一根麻绳捆走啦!

你的妹妹秋后娶,

娘的心里最疼她,

会做饭来会扎花,

可怜也死在刺刀下;

娘为儿女磕响头,

背上挨了几刀把,

三天没有起来炕,

如今还有青黑疤……

铁路两旁都这样,

比起鬼子还可怕!

老娘拿不动刀和枪,

谁替老娘报仇哇?

(战士两眼泪如麻,摸摸枪杆咬紧牙。)

(《晋察冀日报》1946年7月27日,《副刊》第60期)

我们都请假待命

叶丹

这首诗是从四月廿三日香港《正报》上抄下来的,诗里面充分反映了国民党统治区学生们的生活与斗争。其中"请假待命"是当地同学们对国民党统治者的一种斗争方式,"刘子荣"是国民党统治下的一个牺牲者。

我们都在请假待命了,
待谁的命?
待老爷们要我们的命,
还是饶我们的命。

蒋总统说:
我们都是国家的精英,
我们真是诚惶诚恐,
受宠若惊!
可是,老爷们呀!
我们的米代金只一千有零,
一个月只够买米三斤,
恐怕等不到联总的棺材,
我们都变了刘子荣。
躺在中央公园里,
双腿直挺挺,浑身冷冰冰。

如果阴司有救济品,
我们也愿意去领。
可是戴笠先生,
也许已在那边成立军统,
要抓我们进集中营。

我们活不下去,
死又不成,

我们只有向老爷们"呈为呈请

多发一点代金……"

多谢老爷们的关心，

教我们——

理智、容忍、爱惜光阴！

但是，老爷们呀，

理智、容忍，

她值多少钱法币一斤？

能不医好我们的肚饿病？

我们自然爱惜光阴，

但是，报告老爷，

我们更爱惜的是：

我们的自由和生命。

高工的同学愿意吃粥，

乞求老爷们恩准。

但老爷们又大打官腔，

他们说：

"校誉、体面，都挺要紧，

吃粥妨碍校誉，

碍难照准！"

这样，饭桶才能维持学校光荣，

吃粥分子，一律该滚！

□师和女师的同学饿得发昏，

□长老爷大发雷霆，

"你们都是受人煽动，

意图不逞!"

"本官要以最大决心,

决予严惩!"

"原来同学们的肚子饿,

都有'奸人'在肚里煽动!"

老爷们仿佛独具慧眼,

他们又看见文理学院,

发现"俄式炸弹",

于是他们指挥校警,

用轻机枪一挺,

向同学们的心窝瞄准。

呵! 老爷们的哲学,

我们懂了!

原来"造谣"就是"理智",

"暴力"就是"容忍";

请吃不起饭的同学滚,

这就是爱惜光阴。

呵,老爷们呀!

你们委实高明,

我们真佩服万分!

但是,老爷们呀,

你们的肚子吃得胀挺,

我们饿得脸白唇青。

你们的"理智""容忍"

我们久有心领。

还是收回吧,

你们高贵的赠品,

我们都不愿学刘子荣,

那样无声无息地活活牺牲。

我们可走的路只有一条,

团结起来,

"请假待命"。

(《晋察冀日报》1946年7月28日,《副刊》第61期)

悼关向应同志 并叙

萧军

向应同志为东北人,哀其壮年病逝,我心兹痛,谨以诗志!

一

百战疆场血色新,昊天无眼丧斯人。
出师未捷身先死,长使英雄泪满襟!(注一)

二

家仇国恨定存亡,黑水白山识故乡。
正是天星灿北斗,何期一夜殒沧桑?

三

令严刁斗一亲疏,细柳今传周亚夫。(注二)

赢得军中遗爱在,貔貅十万抗强胡!

四

三千五百万人民,驿路壶浆归待君。

尽有家山青正好,天涯何处赋招魂?

(注一) 后一联系□用唐诗人杜甫句。

(注二) 细柳为地名,周亚夫为汉将军,治军以严称,向应同志治军也以严称,故借拟之耳。

一九四六年七月二十七日于张家口

(《晋察冀日报》1946年7月30日,《副刊》第63期)

新解放小诗

徐挺秀

一 看毛主席像

一张相片挂窑中,

人人争着闹哄哄;

白发老汉挤着叫:

"让咱瞭瞭毛泽东!"

二 劳军

正月十五去劳军,

手挽小篮盖手巾。

莫嫌咱的东西少,
一颗红枣一颗心!

三　纺纱

十三四岁女娃娃,
坐在窗下学纺纱。
问她生产为了甚?
"赚钱缝件新褂褂!"

四　查路条

村口遇着小民兵,
问道"同志哪部分?"
看罢路条点头笑:
"不错,是咱八路军!"

五　民兵

十七八岁小后生,
叫他老乡不高兴。
指指肩上土枪说:
"不穿军装也是兵!"

六　送行

咱家住在汾河旁,
村庄名字叫寨上。
同志记下莫忘记,
过路再来喝米汤!

(《晋察冀日报》1946年7月31日,《副刊》第64期)

打 道 钉

龙烟机器厂 刘秉哲

呼嗨！有了那唐继山，
呼嗨！股长组长领头干，
心眼灵巧领导得好，
三天把工具修整完。
呼嗨！个个都是粗大汉，
六月伏天大伙使劲干，
不怕火星烧，
不怕多流汗，
为了争取和平多增产。
许万禄、刘守武、郭景和，
还有英雄万万千，
呼嗨！生产突击上劲干，
白班夜班比赛不怠慢。

第一天白班打道钉整三百，
夜班加劲打二百，
第二天白班赶打三百五，
夜班忙忙追上三百四；
你一言，
我一句，
越是卖力越有力气。
呼嗨！有了那唐继山，

呼嗨！铁工股里起模范，

每一个道钉，

钉死那反动派卖国贼！

每一个胜利，

都为了和平、民主、独立！

（《晋察冀日报》1946年8月4日，《副刊》第68期）

老 大 伯

羽仙

老大伯，

立村边，

谈起旧事，

眼泪涟涟：

"白活了五十多年，

要没有今天。

租了丁家十亩地，

辛辛苦苦六年头，

打的粮食交主家，

全家肚里填米糠。

有一年，

遭大旱,
没法交租价,
躲债到村边。

大年三十那一天,
丁家少爷把脸翻,
仗着鬼子发贼横,
提走了,
过年的二斤高粱面。

跪下苦哀求,
巴掌打上脸,
临走还骂穷骨头,
老婆孩子哭连天。"

老大伯,
立村边,
说到得意,
划地指天。

"我活了五十多年,
哪见过今天?

那天来了个女同志,
她说:
实行'耕者有其田',
重租高利要往回翻。

骨头生来哪有贵贱，
谁命里注定受熬煎？
年年血汗流到那里去，
算清账目就找到穷根。

大伙到丁家把账算，
我退回了土地两亩半，
明年一家好好生产，
再也不愁吃和穿。"

老大伯，
立村边，
笑口盈盈
逢人便讲：
"我活了五十多年，
没有共产党，哪有今天。"

（《晋察冀日报》1946年8月6日，《副刊》第69期）

晋北歌谣集萃

　　歌谣是人民的心声，它反映着丰富的社会现实，流露着纯朴真实的感情。最近有人寄来晋北流传的歌谣数节，从这里就可以看到这些地区的老百姓在反动统治下怎样苦痛呻吟。

——编者

一　崞县民谣

昨天盼报仇，

今天盼报仇，

阎军来了一笔勾；

仇人变成亲朋友，

又是派肉派烧酒。（注一）（之敕寄）

二　大同民谣

天旱无雨穷人苦，

百姓心搅像辘轳（注二），

眼看青苗枯死，

眼看麦地荒芜。

火红的日头晒，

身上汗水滴滴粗，

怎奈老天不下雨，

汗珠儿不能透黄土。

龙王爷呀心眼毒，

穷人们和你有啥仇！

天旱无雨穷人苦，

比不上国民党欺侮的苦。

军队抢粮派款，

抓兵绳捆棒揍，

不顺眼就说你"通八路"。

老百姓有苦没处诉，

庄稼人饿得皮包骨，

老爷们闲坐高楼享大福。

阎锡山呀，还有老楚（注三），

你俩是咱百姓的死对头。（刘兆江寄自阳高）

三　阳高叹五更

一更里，月东升，

大同城外枪炮声；

八路军发了复员证，

阎锡山出城抓壮丁，

哎哟哟！阎锡山你算什么人！

二更里，月朦胧，

特务出了大同城；

抢走了粮食，拉走了马，

首饰衣裳抢了个空。

哎哟哟！阎锡山你算什么人！

三更里，月正明，

阎锡山下乡来行凶；

打死了隔壁王大哥，

糟蹋了对门小桂英。

哎哟哟！阎锡山你算什么人！

四更里，天转明，

大同出来了鬼子兵；

阎锡山给了他枪和炮，

叫他去打八路军。

哎哟哟！阎锡山你算什么人！

五更里，天大明，

思想起来好伤心；

到那时逼反了老百姓，

笔笔血债要同你算清。

哎哟哟！阎锡山你也活不成！（谷岩寄自阳高）

（注一）敌寇投降后，阎锡山派的县长向老百姓要酒要肉，款待敌军。

（注二）井上打水的东西。

（注三）指大同警备司令二战区副司令长官楚溪春。

（《晋察冀日报》1946年8月7日，《副刊》第70期）

寄东江纵队兄弟

陈冷

亲爱的来自南国的兄弟，

你离开厮杀九年的东江，

吹着口哨大踏步走向远远的北方，

从此三千里平原的落日，

空照着淡墨山水画般的故乡。

太平洋飓风中的九年哟！
九年前，海水像一面镜子，
我又走向辽阔的水乡了，
浪花轻轻拍着珠江三角洲两岸，
拍着大亚湾、大鹏湾的胸膛。

一叶小舟划破落日的余光，
兄弟们在潮湿的晚风里捉鱼儿；
鱼儿那么多呀，晚风那么凉。
如今，珠江三角洲的海水搞乱，
大亚湾、大鹏湾都受了伤！

竹篮子盛满挂着露水的桑叶，
绿丛中流出女孩子们的歌声；
桑椹那么红呀，桑叶那么青。
如今，歌声变得十分悲惨，
桑椹滴着血，桑树都受了伤！

三叔扶着沉甸甸的包袱，
他来自长满椰林的南洋，
像游泳般投入战斗的海里。
他来信说："曾司令创造了人民的东江，
我回来了，为了兄弟们真正的解放。"

这是生长我们的土地,这块土地,
我们播过种,开过花,结过果。
如今,为了人民和疲惫的故乡,
二千五百人离开了难离的热土,
谁忍回头瞧那阴云期的罗浮山?

小弟弟捧着送行的礼物,
红薯,鸡蛋,还有土产的落花生,
少妇们低头拉着嘶叫的战马,
高个的儿子告别伛偻的爹娘,
他们湿润的眼睛,好像永久留在这儿一样。

太平洋的浪花激荡起来了,
正愤怒地拍着大鹏湾两岸,
南方,不曾经是革命的策源地吗?
年轻的勇敢的东江纵队的兄弟,
那儿还有我们盘下的根,播下的种。

野马的蹄声,民主的号角周围乱响,
该巨象般昂起头来了,
扬起粗黑的力的臂膊,
扼死那条喷着毒雾的蚺蛇,
兴奋而颤抖地奔向我们的故乡。

向着大亚湾、大鹏湾,向着罪恶的珠江!
向着博罗,向着东莞,向着惠阳!

向着产生荔枝、芒果、香蕉的土地!

向着杏花春雨的村庄!

啊,向着和平民主的阳光!

(《晋察冀日报》1946年8月8日,《副刊》第71期)

故　乡

范树成

一

碧阴阴的柳林,

蜿蜒的牧马河,

爽凉的泉水灌洗着蒲莲;

燕子飞翔,青蛙歌唱,

在这里有我幽静的故乡,

在这里也有个遗山小学堂。

我就在里边度过了幼年,

学堂有座高大的塔,

傲慢地纵立着,刚毅而坚强,

它是那样的沉静、那样的庄严。

"七七"事变了,

敌机从塔的尖顶飞过去;

盘旋着,

威胁着故乡的安宁,

也威胁着遗山小学堂里孩子们的生命。

这群孩子们，

为了保卫自己的家乡，

也同他们父母一样，

他们挎着小木枪，

站岗在大道旁，

他们歌唱，歌声回荡，

随着激流的波涛奔腾。

虽然他们年纪小，但他们知道：

不让鬼子占去祖国一寸边疆。

二

中央军退了，

阎锡山，晋绥军也跑了；

可怕的炮声给故乡带来了灾难。

秋风怒嚎，

河水激荡，

柳林里飘落着干枯的黄叶。

铁路上站满了日本兵，

他们用刺刀把小孩子戳死，

抛入牧马河……

庄稼被洋马践踏了，

铁路汽路周围不让耕种，

到处有哭声，

到处埋藏着仇恨，

啊，悲惨、凄凉、愤恨，笼罩着牧马河流过的村庄。

遗山小学堂再没有歌声,

笔直而高大的塔是那样庄严!

然而,它

——仍然总是傲慢的,刚毅,

它象征着中华民族的尊严!

三

八年过去了,

阎锡山,晋绥军又来到故乡,

但是故乡没有变样,

人民依旧无处申冤,仇恨还在心里埋藏,

汉奸伪军还是照样横行,

但,碉堡更多了,

捐税更多了,

还不断地征兵……

唉,真是没有完的悲惨,凄凉和愤恨……

啊!太阳一定要出来了,

大塔啊,

你更加刚毅地挺直吧!

牧马河呀!

你更加汹涌地奔腾吧!

八年的苦难受够了,

今天不许再受欺凌,

人民的愿望总有一天会实现。

(《晋察冀日报》1946年8月9日,《副刊》第72期)

晋北民谣三则

原平民谣

"土地归公"真正糟
男女老少吃不饱
蒿子长的丈二高
茅坑满了无人掏

忻州民谣

"兵农合一"灰拾翻
逼得百姓无处钻
到处的萝卜拿盐腌
腌的你也吃不上
看你狗入的灰拾翻

大同民谣

大同司令本姓楚
他把百姓害得苦
要民伕，运砖土
拆毁庙宇盖碉堡
民心不服
总有一天火烧"领导组"（注）

（注）"土地归公""兵农合一"都是阎锡山剥削人民的办法，"领导组"是楚溪春领导的党政军民最高机关。

（《晋察冀日报》1946年8月11日，《副刊》第74期）

蒋家杀人歌

——闻一多先生被害后有怒而作

田间

他、蒋家的官
不打不杀
就不叫官

他、蒋家的官
走一步路
铺一步血
衣上、手上
满滴着血珠

他们有一个
传家之宝:
杀人越多
官越红(注)
杀人
坐天下

杀人坐天下
他们要把天下
造成坟墓
自个去当

坟墓里的王

他、蒋家的官
杀人真是好手
已经好到头；
看吧、大小血珠
串成了复仇书

复仇书上
批着红红大字：
蒋家欠的血债
万年还不完！

一九四六年七月

（注）我申明：这不是我捏造的，是他们自己人在一个会上坦白供称的！

（《晋察冀日报》1946年8月12日，《副刊》第75期）

我看见新的兵士

牧青

一

我看见新的兵士
操练在七月的早晨的阳光下……

像一个在晨曦里行进的旅人
忘不掉黑暗的昨夜的记忆
看着这些新的兵士
我想起一些悲惨的阴影了——

二

我想起中国的另一片国土上的兵士
我想恶魔的黑色统制下的兵士
我想起官僚以他们的名义搜尽了大地上所有的粮食

而他们什么也得不到的兵士
我想起他们泥色的脸
我想起他们幽灵似的身体
我想起他们在农家的屋后偷青菜
我想起他们在池塘边洗晒脓疮的肉体
我想起他们倒毙路边无人掩埋
我想起他们死在防空洞里合不上眼
而你们是全新的兵士
你们是年轻、健壮、又整齐的兵士
你们的脸发光如早晨的骄阳
你们年轻如夏天早晨的绿树
你们表情坚决如钢铁
你们动作轻捷如燕子
枪机在你们的手里也清脆硬朗地歌唱
枪机清脆硬朗地歌唱如林中小鸟

三

你们也是从不同的地方来的
你们也是从贫穷与乡村来的
你们持枪的手也正是握锄的手
但你们绝不是从田里被绑架来的
你们绝不是从妻儿的梦里被掠夺来的
你们绝不是被地主、老板、恶霸出卖来的
也绝不是被收买的恶棍、奴才和流氓

你们是真正的劳动人民的好儿子
你们是劳动人民的崇敬和骄傲
你们为解放更多的土地而离开你们的土地
你们为解放更多的村庄而离开你们的村庄
你们为解放更多的父老而离开你们的父老
你们全自觉地知道为什么而来
不再是被奴役被欺骗的工具——
从贫穷的阶级来而去摧毁贫穷阶级的利益

四

你们来了，放心
你们留下的不是家庭的破碎
你们留下的不是田园的荒芜
你们的爹娘不是被逼粮的鞭子押进乡公所
你们的妻女不是被保长凌辱和享受
你们的幼儿不是流落在荒野马路边

你们离了家,财富就到了你们家

你们离了家,光荣就到了你们家

你们离了家,优待和尊敬就到了你们家

你们的家失去了一双支撑的手,更多了千百双支撑的手

你们的父兄失去了一个子弟,更多了千百子弟

你们的田里失去了一柄锄头,更多了千百锄头

你们放心地英勇前进

五

你们行进着

没有一支年迈的手扯破你们的衣襟死不放开

没有送葬似的绝望的号哭追逐在后面

你们听到爹娘的慈爱和鼓舞

你们听到妻子的恋情和慰安

你们也听到早日归来的亲切与祝福

但那必须是更英勇前进的祝福

那必须是更英勇搏战的祝福

那必须是不到胜利誓不回头的命令与期许

你们不再是化子似的褴褛地行进

你们不再是疾病与死亡地行进

你们是光荣、年轻,而幸福地行进

到处乡村里有你们的家

到处人群里有你们的兄弟

到处家庭里有子弟兵的母亲张文英、李杏阁、戎冠秀……

你们行进着

你们英勇地行进着

你们到哪里不惜把你们的血流在哪里

你们到哪里敌人倒在哪里

你们到哪里胜利到哪里

你们到哪里解放到哪里

你们到哪里人民从哪里站起来

你们到哪里新民主主义的花朵从哪里开

六

我看着新的兵士

操练在七月的早晨的阳光下

我的心激荡着从未有过的对兵士的新的感情

我的心激荡着被诱惑的爱的感情

我的心激荡着乐观、信仰、感激的感情

我的心激荡着、激荡着——

我欲引吭高歌……

（《晋察冀日报》1946年8月13日，《副刊》第76期）

朔县城记事

李馥

顺风烟好，

厚生烟坏，

阎锡山不死，

老百姓的害。

——民谣

□□□□，

一□小□叫福存，

□□□子五十斤，

每到早晨八点半，

一□□在大□□，

□□：

□□□□好，

□□□□

□□□□

□□分女。

有天下午，

□一□□□，

取根顺风烟，

喷出烟雾，

张口要款。

福存听说要款子，

转向老总诉苦□：

"吸支纸烟没关系，

小本生意不好挣。

一家六口全靠它，

早□两顿线线饭。

夹告老总抬贵手,

□拿□□□算了吧!"

老总鼻孔冒出烟,

大发脾气把话讲:

"你家死活,老子不管,

款子款子,就是要款。"

福存低声把话回:

"老总你要的什么款?"

"没有名目,想要就要。

□给□给,你敢放刁!"

"老总老总听我讲,"

□□□下纸烟担,

"□□我也没有款。"

"放你妈的臭屁,

你说没有款……"

五十斤担子底朝天,

黄澄澄纸烟随地窜。

皮带舞得呼呼响,

福存脸上血流满。

老总已经大摇大摆迈开口,
看到纸烟又回头闯,
大皮靴使劲往烟上踩,
泥地里一担纸烟变黄酱。

福存拾起那条扁担,
一拐一拐回家转。
当夜三更人静时,
一把尖刀把肚子剜。

此后每到八点半,
大街畔不见福存的纸烟担;
"顺风烟好,
厚生烟坏。
阎锡山不死,
老百姓的害。"
一群娃娃胡乱喊,
街头巷尾广流传。

(《晋察冀日报》1946年8月14日,《副刊》第77期)

原来是一个东西

丁卒

九年前,
我头次看见飞机,
翅膀上画着膏药旗。
它是那样不客气,
轰轰的炸弹,
扔到我的牛圈里,
我的牛,就永远不能再立起。

人们说:
中国也有飞机。
画的是青天白日,
于是,
我便天天瞅着云彩里,
天天盼望中国的飞机。

轰轰过来了,
翅膀上还是那个膏药旗。
轰轰过去了:
兄弟姐妹们躺在血泊里。
老天啊!
难道我们中国就没有飞机?

今年五月,
云彩里又是轰轰响起,

明朗朗的，
谁说不是青天白日，
孩子们更是说不出的欢喜。
喊着：中国的！中国的！
啊！
我们盼了九年多，
直到今天才见你。

青天白日，
越飞越低，
我们看着它转，
它也瞅着我们，
轰！轰！
两股黑烟，
就是那青天白日，
炸死了我们三个天真的孩子。

谁说青天白日是中国的？
中国人为何自己伤自己？
啊！
青天白日，膏药旗子，
膏药旗子，青天白日，
原来是一个东西！

七月二十日台基庙

（《晋察冀日报》1946年8月15日，《副刊》第78期）

新职业介绍

　　国民党统治区特务如麻，恣意横行，搅得好人没法再混，使得人人切齿。这首诗就是国民党特务老爷们的写照。

无业游民来报到
有个职业真是妙
不问资格
不用投考
只要肯干
法币多多的——准保

参加"请愿"法币五
□
要想更多
统字□上去报告
报他个左倾，报他个民主，报他个……
一个十万
报他一打就过半年
吃香的，喝辣的
管他妈这个那个的

这个职业□好干
可是也得有一条
得把良心丧掉
人格丢掉

名誉扔掉

还得礼帽歪戴

墨镜一罩

腰里藏上个

六轮子

七星子

八音子

无事生非把谣造

还要把打手预备好

有朝一日

打打这个社

打打那个社

捣毁所有的进步书社

现在就得动手

动手抢日报

民主报

人言报

解放报

说来这职业容易

干上也忙个不了

哈哈

虽是无本万利

你好人干不了

凡人干不了

老实人也干不了

只有那狗腿星下界

恰好！恰好！

（《晋察冀日报》1946年8月16日，《副刊》第79期）

美 国 迷

马凡陀

"要不惜牺牲，献身给美国"
——上海女参议员陈某语

头戴美国帽，
身穿美国衣，
脚蹬美国鞋，
满口 ABC。

开口上帝罚，
闭口 Son of bitch（注）
夜做美国梦，
醒来黄脸皮。

耳听美国话，
心窍美国迷，
手开美国枪，
对准亲兄弟……

（注）按字直译为"母狗（或狼）的儿子"，发音就是

"森——阿夫——卑奇",是美国人骂人的一句口头语,正如中国人说的"狗入的"一样。

(《晋察冀日报》1946年8月18日,《副刊》第81期)

武 力 决 赛

张学新

将军开血口,
圣旨降下来:
"必须退出苏北……
否则武力决赛。"

好,真厉害!
人民可吓不坏,
十五年前就在赛,
事实早已见胜败。

那时苏区只有巴掌大,
百万大军团团把它围,
还有,德国顾问、美国借款,
一切外国干爹的飞机和枪械。

今天解放区就七八个,

一万四千万人声势大，

八路军新四军当前卫，

全中国全世界爱好和平的人民作后台。

你仗敌伪残余、美国反动派作一块儿，

零售批发把主权卖，

弄得民生凋敝、民怨沸腾、民变蜂起，

如今是日落西山用不着再掩盖。

你偷天换日的神通大，

人民就会降魔捉怪；

"独立、和平、民主"的事业，

绝不让你混蛋来损害。

"武力决赛"

"武力决赛"

决赛就决赛，

怕只怕，那时候你——

闭不了眼睛没地埋。

（《晋察冀日报》1946 年 8 月 18 日，《副刊》第 81 期）

小 快 板

王晞

洋大人，别胡干，

一边帮打一边劝。

驾着飞机满天转，

又调处，又下蛋，

你的原形早已现，

别在中国装洋蒜！

百姓的眼睛有分辨，

这样的把戏看不惯。

识时务，早改变！

不知趣，不听劝，

人民的力量叫你看。

(《晋察冀日报》1946年8月19日，《副刊》第82期)

给"元首"塑像

路丁

我是中国一个精细的工程师，

听说抗战胜利是"元首"的功劳！

"元首"用美国的枪平炮武装着军队,
他现在为"建国"的事业不遗余力,
我决定要给"元首"塑个好大的像。

一国的元首总需要一尊塑像呀!
它应该是不凡的,
我塑出来不能不适合"元首"的身份,
我搬出中国历代的塑像来,
仔细参详着是会塑得更好些。

但我终于失望地惊讶起来,
怎么都不及"元首"那样特有的"雄伟",
秦始皇、秦桧虽然还有些类似他的形影,
但却都抵不上今天的"元首"的本领。

哦,我倒忘记了,
"元首"是集中了古今中外"特"字的传统经验的,
"元首"的事业是"特"别友"美"化的呀!

哦!中国历代的塑像哪里找得到?
中国现在哪来这样复杂多样的材料?
眼看我这精细的工匠也塑不成,
噢!大约只好留待将来美国造!

(《晋察冀日报》1946年8月21日,《副刊》第83期)

开上前线

——摘长诗之二三两节

红杨树

二

开上前去吧

我的兵马

我们再也不能忍受了

我们不能忍受

无尽的欺骗,无尽的侮辱……

我们不能忍受

长春的撤退

无耻的追击

松花江隔岸的炮声

我们不能忍受

东江的兄弟

当热泪洒别珠江

还要□□□□

我们不能忍受

中原的兄弟

离开热血创造的土地

跳出一个合围

又一个野心的合围……

我们不能忍受

老人家郭沫若

遭受铁尺殴打

我们也不能忍受

下关……中国的女人

裸体受辱

我们不能忍受呵

我们更不能忍受——

我们民盟的战友

在特务的笑声里

可怜地躺在血泊

我们

我们也接到过家乡的来信

我们的亲属呵

他们正遭受着坑杀

血流在大清河的岸边

我们

我们再也不能忍受了

他们不是中国人

他们是中国人腹中的尖刀

心上的疮

三

开上前去吧

为了自卫

也为了报复

为人民报复

为被践踏的幸福的土地报复

为一切伤亡与流血的冤魂报复

拿出最大的勇敢

将进犯之敌全部毁灭

开上前线去吧

带着我们沉重的马克沁

暴躁的歪把子

清脆激烈的毕丝尼

带上重炮

和我们用血换来的三八式

明晃晃的刺刀

我们的子弹

每一粒都闪着

民主的光

和平的光

都带着人民的仇恨、微笑和希望……

让它向前飞去吧

袭开黑暗

呼啸着民主的风声

必胜的风声

如果我们

不愿把父母,把解放区

给敌人

瞄准呵

让每粒子弹都使反人民的恶魔流血

如果我们

还想看见独立的中国

民主的中国

和平幸福的中国

用力呵

让每颗手榴弹

把敌人

都炸死在解放区的边线

我们有的是

铁的回击

火的回击

——这是人民的回击

仇恨的回击

神圣的回击……

一九四六年八月十五日于前线

(《晋察冀日报》1946年8月22日,《副刊》第84期)

热东前线纪行三章

柳静

疯妇

那老妇笑着:

她的瞳孔凝视着前方,
眼里发着死光。
奇突而悲惨地
张大着嘴,
狂笑着。

村长告诉我:
花子队(注一)奸污了她两个孙女,
一个十七岁,
一个才只十四。

五月十日于凌源小芳身

孩子又哭了

孩子又哭了,

母亲用唾沫喂着孩子,

母亲也哭了!

泪!

滴进了孩子的小口。

是国民党带来的灾难!

上月三十,

"豆包队"(注二)拉去孩子他爹。

孩子在哭,

母亲也在哭!

从天亮到天黑,

希望他跨进门来,

然而,

凌源城已四闭了啊!

有谁能跳出那杀人的魔窟呢?!

五月一十八日于凌源三间房

站岗的人

左边沟里一条路,右边沟里一条路,

两条路相接在沟口,沟口有棵大槐树。

月亮挂在树梢头。

他和红缨枪是朋友,

他站在树下的石头上，
用眼睛向大川里寻觅……

如果来个特务坏蛋，
他会喊一声："站住！"
或让他尝尝红缨枪的滋味，
或打两声树上挂的钟，
那坏蛋就算自找死路。

六月六日于四官营子

（注一）凌源一带老百姓把国民党军叫作"花子队"。

（注二）国民党军到乡下就向老百姓要豆包吃，老百姓把他们叫作"豆包队"。

（《晋察冀日报》1946年8月23日，《副刊》第85期）

发疯的枪

马凡陀

八月四日，天津一美兵发疯，用冲锋枪杀死一美兵一华警，自己亦被枪毙，美军向我深表歉意。

一支长枪叫冲锋，
打过西来打过东。
西打德意纳粹兽，
东打日本也英勇。

胜利和平已来到,
长枪还是挂在腰。
流落他乡快一年,
度日如年真难熬。

记挂家乡心悲伤,
记挂双亲老来忙。
记挂爱人心冒火,
哪管妓女杨梅疮。

年纪轻轻十九岁,
狂嫖滥赌都学会。
大瓶烈酒肚里送,
夜夜醉倒酒排间。

一支长枪叫冲锋,
心理变态发了疯。
口渴心烦要喝血,
没有出路向外冲。

逢人开枪见人杀,
闯下命案谁真凶。
战争结束胜利后,
可怜青年枉送终。

抱歉抱歉真抱歉,

快向自己去抱歉:

对不起造枪工人!

对不起美国青年!

对不起纳税人民!

对不起牺牲士兵!

对不起林肯杰弗逊!

对不起罗斯福的英灵!

(《晋察冀日报》1946年8月25日,《副刊》第87期)

"独立"和独立

徐雉

美国的统治者,

一面把菲奸罗哈斯

搂在自己的怀抱里,

一面递给他

一份声明赋予菲岛"独立"的文件,

那文件两面都有字:

正面写着独立两个字,

背面写着了三个字:殖民地。

在举行"独立"典礼那一天，
罗哈斯
用背倚靠着麦克阿瑟，
做了一番漂亮的演说。
那演讲辞是用两种言语说的：
嘴里宣布的是独立两个字，
嘴里所歌唱的却是主人的恩惠！

于是，在这出傀儡戏的幕后，
"独立"的魔手就伸出来了！
"独立"把更多的抗日分子投入监牢，
"独立"加紧对人民抗日军的"围剿"
"独立"把菲律宾分成两个世界：
在吕宋中部是真正的独立的天地，
在吕宋中部以外是"独立"的殖民地！

菲律宾的人是看得很清楚，
它知道：
要写独立的文件，
必须用鲜血来代替墨水！
必须用行动的口号来宣布独立！

中国的法西斯蒂，
正在努力向菲岛反动派看齐，
让它试一试人民的力量！

（《晋察冀日报》1946年8月25日，《副刊》第87期）

涿鹿农村即事

何一之

一 村景

王家园的村头,

桑干河黄水沿着地□流,

流向大玉蜀黍,

流向南瓜、茄子,

流向高粱、谷子。

大玉蜀黍的红丝像长枪的红缨,

它昂着头和杨柳比高低,

南瓜像戏台上的大花脸,

大香椿树的气味直散到人们的鼻尖。

田野是这样美好,

农民却饥饿□□。

二 开会

大香椿树下围着一群男女,

他们的生命全是厚厚的历史,

今天谁心里的苦水都往外倾倒。

阎沧正在讲,

矮矮的个,

瘦长的脸，

皱纹烙刻着苦难的记号，

他颤抖的手指着那间破房：

"那年啊！大年三十晚，

年成不好他不管，

双层底的斗儿怎填满，

杨三秃一翻脸逼我往外搬。

死冻腊月风雪紧，

一床破棉被披在身，

正迈开步朝向门口去，

他下死劲把我身上的棉被抢。

……

乡亲啊！

咱哪家没遭他赶，

哪家的闺女、媳妇没让他胡缠，

哪家的房子、土地没给他霸占。

杨家阎王啊！

你喝咱们的血，

你吃咱们的肉，

你啃咱们的骨头；

咱们就要同你把账算。

有冤的啊——报冤，

有仇的啊——报仇，

喝咱们的血就要还血，

吃咱们的肉就要还肉，

啃咱们的骨头就要还骨头。"

一把一把眼泪鼻涕往地下抛，

树枝般他们高举起大拳头，

农民的愤怒像桑干河的黄水流。

三　斗争

真武庙半天来好热闹，

黑压压尽是人们的头。

庙台边站着坏货杨正富，

在大伙面前像个受气包。

主席刘成有走到庙台前，

红契文书手里拈，

他开口把"乡亲们"叫，

脸上喜容像雨后的青天。

"多少年咱们受欺侮，

如今算是到了头。

你先前的威风哪里去。

（他目光狠盯着台边的杨三秃）

现在咱们穷苦人翻了身，

共产党毛主席替咱们做主,

乡亲们!大伙儿瞅一瞅!

(他举起手上的红契文书)

这就是咱们的血,

这就是咱们的肉,

这就是咱们的骨头,

多少年被强占的血、肉、骨头今天到咱们的手。"

四　尾声

八月的太阳火样红,

农民唱着自己翻身的歌:

长叫黄羊山儿青又青,

不叫妈妈叶儿背在大埂棱。

从今有吃有穿过光景,

不怕山鸡打鸣鸣。

　　(注)察南涿鹿县城西临桑干河,土地特别集中,农民百分之十九为佃农,自己没有土地,穷苦异常,去年解放后减了租子,生活改善。过去当地农民有一个大致是这样的民谣:"羊羔出群,山鸡叫鸣,黄羊发青啦,妈妈叶背到大埂棱上。"这民谣充分说明农民苦难的岁月。黄羊山是城西的大山名。妈妈叶就是高粱叶。

一九四六年八月十五日于涿鹿

(《晋察冀日报》1946 年 8 月 26 日,《副刊》第 88 期)

人民的幽默

之软 辑

赣西流行一个名为《破桌子》的童谣，讽刺国民党的独裁统治，歌词如下：

有面子，没脑子；

无心肝，有腿子；

是啥子？破桌子。

桌子长又阔，落地四只脚：

一只脚，枪杆子；

二只脚，党棍子；

三只脚，钱柱子；

四只脚，印把子。

枪杆子漫漫长，儿子没爹娘；

党棍子破梆梆，好人进牢房；

钱柱子溜溜光，百姓捐军粮；

印把子四四方，狗腿做高官。

高官高上天，百姓受熬煎！

（《晋察冀日报》1946年8月27日，《副刊》第89期）

哀诗人闻一多

——并悼李兆麟将军、李公朴、于再、王任、孙平天等先生

柯仲平

想当初,你点起了一枝"红烛"(注一),
为人生寻找道路。
你一边唱着悲歌一边找,
红烛陪你哭,
陪你流下了
热血绞成的泪珠。

到后来,后来,
你找见了人生的道路:
开辟人生道路的,
既不是中国的官僚地主,
也不是美国的巨商豪富,
是人民,
是广大的工人农夫,
和一切要求独立、和平、民主的人民。
从此,你把你的歌喉,你的笔,
变成一把利剑,
一把开山斧。
一见有民贼独夫
挡住了人民的道路,

你就扬起开山斧,

要砍断他们的头颅;

举起利剑来,

刺他们的心腹。

你的故乡在武汉,

你出征,到云南;

云南是我的故乡,

感谢你!我的故乡得你去帮忙!

我的故乡

原来有一匹飞腾着的"金马"(注二),

它愿你把它骑上。

我的故乡

原来有一只"碧鸡"(注三)——凤凰。

她愿和你把天光叫亮。

我的故乡

原来有勇敢的儿郎,

他们愿随你把民贼独夫一扫光。

诗人呵诗人,

你原来是文弱的书生,

变成了人民的一员勇将。

好一员诗人呵勇将,
你吓坏了那蒋家特务蒋家党;
他们不敢来和你打交手仗,
只敢拿暗箭暗枪,
暗杀你,在我的故乡!

前几年,特务为何不敢把你伤?
因我云南那时没有姓过蒋。
如今为何他们敢?
唉!

因那昆明城里,
盘踞着许多蒋家的武装!
(我这里,要埋怨:
云南军过于"老实",
冷不防,热不妨,
上了那独夫卖国贼的大当!)

啊,诗人呵,
请原谅我那些愚蠢的乡亲!
受了一场又一场血的教训,
从今,从今,
我乡的人不会再是那么蠢。
云南起义曾经打倒袁世凯,
云南兵,本来是义兵。
云南已经出了潘朔端将军,

潘将军后面，

定还有许多大大小小的潘将军。

诗人呵，你民主的勇将，

你给我的故乡增了光。

我要向，要向，

向我那不屈不挠的父老兄弟姊妹们去讲：

云南人要把你——

诗人闻一多好好安葬，

安葬在我们聂耳的身旁。

聂耳一定也会感谢你，

聂耳一定要把你的诗歌，谱进他的乐章，

聂耳一定也会同意呵：

云南人为你

铸一座大像。

看呵看！

你的左手，拿着诗章；

你的右手，拿着钢枪；

你的口，还不断为人民歌唱；

你也还骑在

那奔腾着的金马上；

你背后，也还飞舞着

那战斗的凤凰。

而且呀，

那金马的一只后蹄，

正踏住卖国贼、特务头子的胸膛；

那凤凰,

她已经把东方叫亮。

在你诗人的周围,

有成千成万的人民

欢呼着那清晨的太阳。

诗人呵勇将,

云南一翻身,

在那五百里滇池的高岸上,

就要铸你这一座大像!

胜利的钟,到处响。

胜利的旗,到处扬。

为中国独立、和平、民主而斗争的战士们,

四面八方扫清了战场,

这样的一天已经来到了!

中国人民的斗争力量,

融合成强大的热和光,

把千万支红烛点亮,

我们要再来公祭,

公祭你被杀害的诗人,

公祭所有为民族民主而死的勇将。

　　(注一)《红烛》是闻一多先生最初的一本诗集。

　　(注二)(注三)昆明城南有"金马"坊和"碧鸡"坊,传说有永生的金马碧鸡,常在滇池、西山飞游。

(《晋察冀日报》1946年8月28日,《副刊》第90期)

奢侈

贾芝

美国的好战英雄们有过多的荒唐的幻想,
(像他们的商品一样过剩和价廉,)
他们觉得无论哪一块陆地和海洋,
他们都应该自由地观光,
(由他们管□和使用,)
似乎只有他们是世界的胜利者,
他们想在黑人以外寻找更多的奴隶,
把更多的别的民族的土地,
划入他们的势力的版图。

他们的傲然的蓝眼睛,
把中国(他们的盟国)也看作卑贱的殖民地;
他们处处地声明:
我们帮助中国遣送日军呀!
我们履行盟国的义务呀!
我们没有领土野心呀!
谁也不干涉中国内政呀!

他们却在把飞机、坦克、军舰、炮火
甚至用品、服装和罐头
大量地租给、送给中国的反动派,
(好战的英雄们一个鼻孔出气了,

一张床上打鼾睡了!)
把他们装备好的美械化国民党军队,
没有休止地往内战的火线上运送,
他们的剩余的炮弹,
在轰击中国和平的老百姓;
反动派有了美国老板的热心的支持,
这才高傲地,比打日本时凶恶千倍地
向解放区人民昏□地进攻。

他们得到了反动派的满口谄媚的答应,
轮船可以在中国内河里通畅地航行;
他们军官的妻室打算搬到青岛长住,
他们的华美、轻巧而便宜的商品,
已经摆满了上海,还要运到更多的城市。
他们喝得醉醺醺的,
在中国的街道上摇摆行凶;
吉普车满街飞,像老鹰抓小鸡似的
抓走了中国的女郎。

来过一个什么赫尔利,
诨名可能叫作斯科比,
有时又扮演成和平的天使;
碰杯呀!和平呀!
居中调停,鸡尾酒会呀!
一面更是热诚地把反动派军队
继续由海军往东北保送,

计划有更多的军火和技术

帮助反动派制造天大的人民的灾难,

谁都看穿了这个天使或战神

在玩着什么鬼把戏。

好战的英雄们

阴谋掀起一个更大的毁灭的战争,

他们把刚刚得到和平的中国的城市,

看做他们冒险的基地和海港,

(不是嚷吵着他们的原子炸弹,

卖弄起原子外交了吗?)

帝国主义的野心飞快地露在脸色上,

像醉汉脸上显出过多的红晕。

中国人民深爱着美国的友谊

和新大陆的优美的民主传统,

而不欢迎这些胸怀险恶的外来的帮凶:

坚决要求美军退出中国,

保卫联合国约许的庄严的和平;

帝国主义英雄们的罪恶的幻想,

在中国人民眼睛里是过分的奢侈!

(《晋察冀日报》1946 年 8 月 29 日,《副刊》第 91 期)

发票贴在印花上①

马凡陀

发票贴在印花上,(注一)
蔻丹拓在脚趾上,
水兵出巡马路上,
黄埔水到阶沿上,(注二)
房子造在金条上,
工厂死在接收上,
鸟巢做在烟囱上。
演的好戏我来看,
重税派在你头上,
学生募捐读书钱,(注三)
教师罢工课不上。
仓库皮子一把火,
仓库馅子没去向,
廉耻挂在高楼上,(注四)
是非扔进大茅坑。
民主涂在嘴巴上,
自由附在条件上,
议案协定归了档,
文章写在水面上。
米粮落入黑市场,
面粉救济黄牛党,(注五)

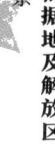

① 此文《晋察冀日报》1946年6月10日已刊发,文字略异,今并录。

财政躺在发行上，

发行发到天文上。

上海跳舞中国饿，

十九个省份都闹荒，（注六）

收购米粮免征粮，

树皮草根啃个光。

百姓滚在钉板上，

汉奸坐牢带铜床，

曲线软性是救国，

地上地下往来忙。

南京复员拆篷户，

广州迎驾砖砌窗，（注七）

力气使在市容上，

四强之一叮叮当。

一九四六年四月十一日

（注一）这是报上所载新闻标。因为印花税贴得太多，好像不是发票贴印花。倒是印花上贴发票了。

（注二）上海马路一雨成河。

（注三）沪市学生街头募助学金。

（注四）上海国际饭店高楼上挂礼义廉耻四字。

（注五）报载"联总"运华救济之粮食情形。

（注六）"联总"统计。

（注七）据《大公晚报》载新闻，广州当局为蒋介石建筑行营，行营附近民房之□石，均令一律用砖堵塞，违者受罚。

（《晋察冀日报》1946年8月29日，《副刊》第91期）

诗　　抄

柳静

我们回来了

我们回来了!
我们的东北,我们的土地,
十三年啊!悲哀和仇恨的日子,
我们的心焦灼——
我们回来啦。

我们从不曾忘记你们,
受难的人们!
八年来!我们坚持着战斗,
在全中国的领土上——
从西到东,从南到北。

我们回来了。
毛主席告诉我们:"一直前去,
解放东北!"
带着光明和胜利,
我们回来了。

站起来吧,
受难的人们!
种葡萄的得葡萄,

种蒺藜的得蒺藜，
站起来向那些
出卖我们的，
侮辱我们的，
骑在我们头上鞭打我们，和抢去我们东西的
——复仇啊！

我们回来了！
我们的东北，
我们的土地，
带着光明和胜利，
带着自由和民主，
我们回来了。

早安啊，承德

早安啊！
初醒的承德。

你站立在熹微里，
眺望这方的
棒槌山啊！
你迷矇初醒的故宫，
你清流而高唱的
滦水，快乐□止。

你拿着铁铲，

已拾了半筐粪的
辛勤的农夫,
你哼着"吓,吓"的声音
用声音伴奏着节拍
建筑的苦力。

你戴眼镜的,
穿旗袍的,
去上班的机关职员,
你斜挂着书包,
一路唱着大家喜欢的,
手牵手,来来往往,
像不安静的麻雀,
跳跳蹦蹦去上学的孩子。

你,忙着筹备开会的街长,
你,忙着扫地的老妇少女,
你,上早操的士兵,
你,开摆货摊的小贩,
连你,挑着黄色的粪便出去,
挑着绿色的菜蔬进来的人,
连你,替伤病员送水的护士,
你,噜噜咱咱叫着的机器,

今天是一个大好晴天,
祝福你们,比太阳起得早的辛勤的人们,

生活得更美好,

生活得更如意,

我迎着早晨的阳光

穿过街市。

芍药花开了

芍药花开了!

红啊!

红……

李长富同志的血,

染红了芍药下的泥土。

安息吧!

长富同志,

我们在芍药旁修起你的纪念碑!

你的光荣,

赢得了我们自卫战斗的胜利。

明年,

芍药花会更红些吧?!

重逢

朝阳笑红了脸,

初春的延河也在欢迎你,

那是一九四二年——

你渡过延水,爬过山坡,穿入森林里,
你向着东方,走向战场去了!

你消失在红霞里了,
听说以后,
在战斗中你射出最后一粒子弹,
倒在鬼子狞笑的大丹河旁了。

然而!
是你!是你啊!同志……
你并没有死,
你还是这样结实,
脸比以前更红了,
你的手是这样热啊!

在伟大的自卫战争中,
我们重逢在故乡的田地上了。

古来稀

大街上,小巷里,
老少男女,
(还有那算命的瞎子)
都向广场上涌集来了,
他们都来干什么?
哦!范排长向老百姓赔罪哩!

他鞠着躬,敬着礼,

以最高的嗓子批评自己——
曾为一个兄弟的事，
捆起了李街长……
也曾骂过人，
更打了一个老乡两耳光。

老乡们会神地看着听着，
个个面颊上漾起了笑涡。
一位白胡子老人，
伸出颤动的大拇指
"这……这……这……
这不叫军队啊，
这叫古来稀！"
老人孩子似的憨笑了，
花眼镜险些坠了地。

(《晋察冀日报》1946年8月30日，《副刊》第92期)

金　缕　曲

搔首浑难语！恨寸衷。万千堆积，万千无绪。胜利花开今匝岁，胜利果谁盗取；□一树，飘摇风雨。如此家园需整理，更哀鸿遍野需相哺！却萁豆！煎方苦！

九年往事惊回顾！洒天涯，斑斓泪血！啼新创故。内外权奸交结纳，国脉民生芥土！□巧说，堂皇自许，今日死生余一发，舍和平建国他休诉！拔剑看，吾与汝！

——刊上海《文汇报》

（《晋察冀日报》1946年8月31日，《副刊》第93期）

向山主清算

苏克勤

苏克勤同志系察北地委副书记，他于来稿时，附说："我不会写诗，此次参加崇礼县发动群众工作，听到佃农向我述说所受山主剥削，坚决要向山主清算，我只把他的话记下来。"我们认为这首诗不仅写得干净利落，没有别别扭扭的字眼，更重要的，是真正写出了农民的情绪、感情、思想和希望。

——编者

想当年，

我□□，

一□头刚□□，

一把血，一把汗！

山主"跑马占圈"

农民归成佃，

不还我工本，

许我永佃！

打分收,

头年一九,

二年二八,

三年三七,

年年往上卷!

天荒地赖欠下租,

山主翻了脸,

撕毁永佃约,

拿地往外转!

旗地升科,

山主领照,

佃户白花钱。

山主又耍奸,

佃地叫我典,

但规定每年每亩交他三升随粮租,

我又白花一项钱!

还有过年过节得送礼,

春秋四季听使唤,

女人叫去更可怜,

难中人,

心绞烂,

咬牙不顾脸!

天不转地转,

山不转人转,

如今鬼子滚了蛋,

共产党领导人民把身翻,

山主!

多年的血债,

得向你清算!

(《晋察冀日报》1946年9月2日,《副刊》第94期)

英 雄 阵 地
——白窑子战斗赞歌

红杨树

七勇士

嗨,这里是烟火,小小的白窑子一阵烟火

这里是英雄,烟火里守卫着英雄的连

三千名暴徒,十七门大炮九辆坦克向这里猛冲

英雄的,一百四十名英雄,要在勇敢的这儿守卫

最激烈的战斗,降落在一块突出的阵地上

这阵地打坏了四挺机关枪,机关枪连同英勇的射手一齐阵亡

这阵地只剩下了七个勇士,勇士呵

不怕这阵地□成烈火,烈火里也要勇敢地把守

同志们倒下了,支部书记抚摩着他们宽大美丽的胸膛

他没有落泪,他在高喊

"同志们,战争是流血的,我们要为人民流血!"

他的声音和着勇敢的心灵齐唱

这声音在烟火里激荡,这声音是这样的刚烈,这样的顽强

他的话没说完,他的掩体盖上了浓密的炮火

王成群爬到烟雾边喊着:"支书,支书,我们的支书!"

支书呵,他从昏迷中推开土块,他说:"我不会死!"

他望着大家,敌人又冲锋了,他大喊

"英雄们!快用手榴弹,把敌人消灭在阵地的前沿!"

坦克车嘎嘎地前进,爬向他们的左后方

阎军们穿着美式的服装冲过来,日本人还用过去的怪调高嚷

黄朝力一手握枪,一手高举手榴弹,在等待敌人的接近

石凤书代替年轻的个浪①,走到危险的地方

守卫呵,哪儿有英雄,哪儿就有铁的阵地

他们早已把衣物交给了司务长,准备牺牲

也准备阵地前流满阎日伪匪徒的鲜血……

纪广洲

在这最紧急的时候

指导员望着纪广洲

你听,张学志从烟火里滚过来,报告着紧急情况

---

① 《文旗随战鼓》作"阎浪"。

你看，他又滚过去，去取那炮火打坏的机枪

你看，三十多个勇士，冲击坦克英勇负伤

你看，杨景林结束了英雄的历史，躺在坦克的近旁

谁再去击毁坦克，把残破的阵地挽救

指导员望着纪广洲……

纪广洲眼望着坦克，不声不响

他把排长的驳壳枪带在身上

呵，纪广洲，我们的支部委员

他钻过了火力地带，飞鹰一样

提着手榴弹，走向坦克车疯狂的地方……

冲击

冲锋号响起了，冲击，这是勇敢的冲击

李成英站立着扫射敌人，他的机枪被轰坏，他的左肩钳着弹皮

修好机枪，扎好伤口，他又向前冲去

他挣脱营长的双手，佩着两排子弹，端着机枪向前勇猛的冲击

冲锋号响起了，冲击，这是勇敢的冲击

子弹穿过李炳刚的肩膀，看了看，他说这是穿皮

邢明九负伤两次，又连忙挑开水赶上火线

他们是这样勇敢，嗨，勇敢地冲击

冲击呵，我们的连长尚德恒冲到了最前面

他负伤倒下，队伍被压到洼里

但排长呵，石勇祥他连声大喊

"同志们！还有我，你们跟着我勇敢地冲击！"

冲击呵，他们追着溃逃的步兵，又冲击着坦克

他们用雪亮的刺刀赶杀敌人，并将坦克中的日寇击伤

冲锋号响起了，人民呵，请你歌唱

你们的子弟兵是世界上第一流的勇敢

一个战士的歉疚

匪徒们败退了，丢下二百多具死尸败退了

坦克车不再疯狂，拖着破碎的轮带，静静地躺在河旁

八百发炮弹，也不能将英雄的阵地毁灭

风吹着，小小的白窑子散着火烟……

英雄们回来了，听到有微微的声音叫喊

是纪广洲，他三处重伤，从昏迷中醒来，他向大家呼唤

"同志们，我在这儿，我还活着！"

同志们狂喜地围上他，风吹着，小小的白窑子散着火烟

同志们看他，他也睁开血泥模糊的双眼

他从泥里，拉出藏起的驳壳枪，颤动着被打穿的下□

"同志呵，我没有完成任务……"

同志们抬起他，他的声音含着歉疚

黄昏的白窑子，还飘着零散的烟火……

八月二十九日战地匆草

（《晋察冀日报》1946年9月4日，《副刊》第96期）

诗 二 首

慰问袋

我要把这小小的慰问袋送到前方,

它是用庄严的黄色布绣上紫色的诚挚的情感:

一面绣着"人民的军队"

——这最崇高的敬仰;

一面是一朵代表和平的花朵

正浴着红星的光芒。

我的慰问袋将要送到前方,

里面装的东西是各式各样:

毛巾肥皂这些都很平常

我还放进一个小烟斗,一些水果糖,

一块可以补衣裳的灰布,

和一缕线,和两根穿好线的大针,

最重要的是还装着核桃,

——由于绝望,

这顽固的东西也许是硬一点,

但战士们一使劲,

满可以把它捣得粉碎。

我们的慰问袋送到前方,

英雄们收到一定更加勇敢,

——这是人民的希望,

人民的称赞。

人民的眼都看着前方,

人民的心都关怀前方。

为了被活埋的老人,

被烧毁的村庄,

被奸淫的妻女,

被从娘肚子里挑出来的胎儿……

人民要报仇,

人民的眼看着前方。

把我们的慰问袋送到战场,

交给我们的

丈夫兄弟叔侄和儿郎。(阿路)

同志们,我不能……

不能让兄弟们被屠杀

不能让姊妹们被奸污

不能让美制的飞机横行在解放区的领空上

不能让祖国的主权供奉在白宫的餐桌上

不能让敌伪奸特在大厅里享福

不能让民主战士在黑牢磨死

不能站起来了又被压倒在地上

不能做了主人又变成牛马

不能让苦心培植的果实被抢走

不能让鲜血灌溉的土地被凌辱

不能让光明又涂成黑暗

不能让天堂又沦为地狱……

不能呵，不能……

不能不憎恶

不能不痛心

不能在仇恨的海洋里不起风暴

不能制压怒的火种不燃烧

不能不渴望一支即使是破旧的枪

不能不把愤恨连子弹灌进枪膛

不能不瞄准进犯的野兽们的心脏

不能不冲锋在自卫的火线上……（张扬）

（《晋察冀日报》1946年9月7日，《副刊》第98期）

来

严辰

来！蒋军的士兵们，
欢迎你们到解放区来。

欢迎你们从空中来，
从海上来，
从陆上来，

从正在腐烂的土地上来。

欢迎你们驾着飞机来，
驾着坦克来，
驾着舰艇来，
带着美式的武器而来。

你们为反内战而来，
为追求真理正义而来；
为不愿做奴隶，
不愿做法西斯的冤鬼而来；
为爱你的祖国，爱你的人民，
爱你的自身和前途而来！

来！
你们一个一个的来，
一群一群的来，
一团一旅一师的来，
你们反正过来，起义过来，
□着和平的愿望而来，
——而当你们还没有机会跑来，
□□□赤诚的心飞过来。

让你们的"领袖"和"元首"，
驱使你们走上内战前线的凶手们，
去向他们的白纸下命令，
去向他们的老婆指挥，

让他们变成光杆,
无所倚靠地孤立起来。

把他们虚伪的面具剥下来,
把他们的罪行说出来,
把他们内战的阴谋揭露出来,
把他们的狼心狗肺都挖出来。

把他们从独裁的宝座上推下来,
要他们在人民面前跪下来!
让黑暗的时代,苦痛的岁月,
血腥的统治一去永不再回来!

来吧,来吧!
你们被驱逼的战士,
你们不愿同流合污的军官,
你们一切有正义感的弟兄们!
为了和平、民主、幸福的生活,
欢迎你们大量地迅速地到这边来!

(《晋察冀日报》1946年9月10日,《副刊》第101期)

晋北自卫英雄记

谷军

高纪云
前晌上,
射手侯俊发,
□在机关枪旁。
从他七年来同生共死的战友,
高纪云的手上,
接过来七尺洋布,
一包旱烟,
和一千边票。
还听战友这样说道:
"这次我抱定必死的决心,
一定要把云梯靠到城墙上。"

后晌上,
侯俊发还是
站在机枪旁边,
听四班战士哭诉他们
班长高纪云牺牲前的英勇情状:
"第一回,伤在右腿上,
两腿索性跪下,
他用手推着云梯,
用膝盖走向前方。

第二回,他的左腿受了伤,

两个膝盖依然在地上移动,

云梯依然紧托在他的手掌上。

第三回,伤了胳膊,

却犹瞪着圆眼,盯住城墙,

这副表情和命令一样,

抬云梯的同志们都更加顽强前进。

第四回,一个爆炸的炮弹把他震到空中,

醒过来,睁开眼,

他反倒说起话来:

"同志们,这个时候,

就是要我们牺牲的时候,

战场上,

就是我们为人民服务的地方!"

说话之间,紧随云梯,

还要跟上。

第五回,

他的眼合拢,

他的嘴闭上,

一股血从他脑里往外直冒。

讲述的战士时时用手擦眼,

听讲的人怎不心伤。

而射手侯俊发,再不是站着,

他是咬着嘴唇,□着眉梢,

两眼冒出怒火的光,

蹲在他的机枪之旁。

侯俊发

侯俊发,
本是个爱说爱笑的欢乐人。
现在却几乎掉泪,
满肚子的悲愤。

□的机会来了,
侯俊发又□了□□人,
他以班长的身份,
边说边笑边冲:
"他妈的,谁不跟上,
不是他爹的种!"
轰的一声,
一个炮弹把他击中,
两截小腿四散在空中。
侯俊发定神一看,
自己成了半截子的人!
立即欢乐地笑嚷:
"哎!你们看,
我的腿没啦!
哈哈哈……
他妈的,还得冲,
谁怕死的,
不是好英雄!"
这气概,英雄的气概呵,

同志们齐声劝他下火线去，
他却又笑又骂：
"他妈的，
说这话的都不是英雄！"

人到底是血肉做成，
咱们的英雄开始昏晕。
同志们这样劝慰：
"你一定得下，
有咱们在，
任务准能完成！"
侯俊发半昏半笑，
被背下火线。
众同志不得回头远送。
一齐喊冲，
人人当先个个奋勇，
都是自己爹养的好种！

袁成

应县城的城墙有三丈多高，
袁成扛着的云梯有四丈多长，
二十五个奋勇队员，
迎着炮弹机枪，
要把云梯扛过丈宽的护城沟，
去靠在城墙上。
袁成的手伤了，

他还继续前进,
袁成的腿也伤了,
他还是坚持前进,
袁成倒下了,
他死在云梯之下。

同志们本来都知道,
袁成有两样心爱的宝贝:
一根钢笔和一个表。
但是,都不在他的尸身上。
同志们后来才知道,
他报名奋勇队之后,
就把那宝贝
交给了组织上。
临走还说:
"我死了,
哪个同志功劳最高,
就把钢笔送他学习,
把表让他挂上。"

(《晋察冀日报》1946年9月11日,《副刊》第102期)

蒋军兵士歌

萧三

一 我跑

我跑，我跑，跑跑跑……
跑到解放区的好。
看那边水也清，
山也高。
那边的人个个是兄弟。
那边的人个个待我好。
个个待我好。

我跑，我跑，跑呀跑……
这种牛马生活过够了。
活时穿不暖，吃不饱；
死了——尸骨满路抛。
干吗替那老蒋拼性命，
还给美国鬼子来清道？
给美国鬼子来清道？

我跑，我跑，跑呀跑……
八路军那边真正好！
那边老百姓有民主，
汉奸恶霸都干掉。
每个农民有地种，

大家有得穿来吃得饱,
有得穿来吃得饱。

我跑,我跑,跑呀跑……
不再在这里坐监牢。
让官长把裤子收了去,
剩下光腿这两条,
半夜三更风露冷,
我这双腿子冻不掉,
腿子冻不掉。

我跑,我还是跑……
跑到那边就好了,
八路军给我新衣穿,
鞋袜俱全加军帽。
那边不打人来不骂人,
就像一家兄弟一般好,
一家兄弟一般好。

跑呀,跑……
我也跑来你也跑。
弟兄们快醒来!
跑到那边就好了。
让裤子连蚤给官长留下来,
要紧的是莫把大枪子弹忘掉了,
莫把大枪子弹忘掉了!

二　我回来

我回来，我回来，
我要回到老家来，
老家地方我熟悉，
八路同志跟我来！
夜半云低雾又密，
看露水呀润青苔，
露水润青苔。

我回来，我回来，
我要回到老家来。
小队人马打先锋，
一声不响过山崖。
后面主力威风大，
来了就似海倒又山排！
海倒又山排！

我回来，我回来，
我要回到老家来，
冲进城门大声喊：
缴枪的不杀，俘虏受优待！
敌伪顽跑的跑来捉的捉，
王八蛋一个个都倒台，
一个个都倒台。

我回来，我回来……
我们都回老家来，
工人大家有工作，
商人能做好买卖，
我也当了新八路，
老乡见面真痛快！
见面真痛快！

我回来，我回来……
我们回到老家来，
老家给糟踏得不像样，
老百姓真是死去又活来，
八路军一到就发救济粮，
一个个喜笑又颜开，
喜笑又颜开。

我回来，我回来……
我们都回老家来，
群众大会人千万，
男女老少都开怀，
微风招展太阳高，
毛主席的像贴上主席台，
贴上主席台。

三　我走

我走，我走，

我们还要向前走。
这里的老百姓翻了身,
那里的——还没抬起头。
反动分子还不少,
我们还要继续去战斗!
继续去战斗!

我走,我走,
我们还要向前走。
我们的任务真不小,
多少人要我们去搭救。
要把反动派完全消灭掉,
杀得他个片甲也不留!
片甲也不留!

我走,我走,
我们还要向前走。
敌人如果不投降,
我们不和他甘休。
他杀死了多少老百姓,
我们一定要报仇!
一定要报仇!

我走,我走,
我们还要向前走。
爬山过水不怕难,

群众就跟在阵前和阵后，
老少男女送饭又送茶，
叫声同志，你请喝一口，
同志喝一口！

我走，我走，
我们还要向前走，
爱国军人一齐来，
杀尽卖国贼走狗！
救国保民八路军，
八路个个是好身手！
个个是好身手！

我走，我走，
我们还要向前走。
建设独立新中国，
和平民主能长久。
我们都来唱个胜利歌，
庆祝全民解放得自由！
解放得自由！

(《晋察冀日报》1946年9月14日，《副刊》第105期)

毛 主 席

徐秋风

太阳出来映山红
毛主席是咱的大救星

桃花落来杏花开
毛主席领导咱站起来

三条大路中间走
毛主席和咱们手拉手

莲花生在水里头
毛主席活在咱心里头

走过了南北又东西
谁不拥护咱毛主席

百灵子过河沉不了底
忘了我娘也忘不了你

☐☐☐☐☐鸣
跟上咱主席闹革命

(《晋察冀日报》1946年9月14日,《副刊》第105期)

割麦人的歌

徐秋风

太阳出来节节高
揽工的人儿也翻身了

风刮麦子哗啦啦响
割麦的人儿心欢畅

喜鹊喳来鹧鸪叫
今年的麦子丰收了

麦子高来豌豆低
四垧能打三石几

麦秆子长来麦穗大
一卜就是一老把

麦颗颗长得密林林
欢喜不过咱庄稼人

当天里下雨四下里晴
共产党不亏咱苦心人

(《晋察冀日报》1946年9月17日,《副刊》第108期)

诗抄四首

严文井

　　作者近在东北解放区工作，诗中所写均为东北事，原诗共十一首，总题为《我的兄弟们》，刊于《东北日报》副刊，兹选载其中四首，以飨读者。《倾倒苦水的大会》《在皇宫里》两首中有十字印刷不明，由编者照文意补上，特此志明。

——编者

倾倒苦水的大会

把长□子都搭出来

让后面的女人有个地方站

叫小孩们不要啼哭

卖烟卷儿的不要叫喊

现在控诉那抓劳工逼死七条命的伪区长

控诉那把儿子改名叫化中旧日郎的大汉奸

乡亲们，只管往下讲

一肚子苦水尽管往外倒

这毒汁再不去掉，就会受不了

台上有县长做主

不怕那家伙向谁瞪眼

三天说不完，还有第四天

不要惊讶这些质朴的人们

突然学会了不绝的雄辩

丰富大伙语言的是长期的痛苦与灾难

穿乌拉的在县政府

这里就是县政府

进来吧,兄弟们

不用担心穿乌拉的上不了这石台阶

先坐下喝一杯水

从县长划的火柴上点着烟

然后商议大事情

在皇宫里

这是"宫内府",楼梯上仍在闪亮的是大理石

而却不见了绒幔、宝座、连同皇帝他自己

清新的风向被子弹击破的洞口吹

带来春天的草香

同轻淡的煤烟气

我们的铁匠,炸果子的小书记同"苦大力"

一个个在朱漆地板上伸开两条腿

开一个工作布置会

讨论如何下区里去

帮穷苦市民减房租

替工人们谋些利益

这些"简单""下贱"的人们

在正宫里愉快的大笑

脆弱的房壁不习惯地发出回声

使这里充满了前所未有的健康的元气

亲爱的兄弟

不要说什么做梦也没有想到有今天

这不算稀奇,本来我们就是要翻转这块大地

枪同子弹

这是"七九"

这是"三八式"

这是"撸子"

子弹呢,有的是

全都是日本仓库里的好东西

傻小伙子

只有我懂得你为什么老发笑

这枪托有点像你那锄头柄

而枪管的钢

比你那斧子更亮更坚实

不要为了太高兴的缘故

射击那田野中的老鸦同白鸽

我记起一个老故事

从前我们打仗缺少"火"

有时每人只能分三颗

打完枪还得捡回子弹壳

不错,这是好宝贝

将来日子长

大伙还得爱惜它

(《晋察冀日报》1946年9月19日,《副刊》第110期)

南京民谣（注一）

鲁迅

大家去谒陵（注二）　强盗装正经（注三）
静默十分钟　　　各自想拳经（注四）

（注一）这篇民谣，最初在一九三一年十二月二十五日发表于上海《十字街头》半月刊第二期上。主题是严肃的，这是暴露国民党当权者的两副面孔。

（注二）陵，是指南京紫金山上孙中山先生的陵墓，每逢什么"大典"，国民党要人们都去拜谒。

（注三）强盗装正经就是国民的当权者假装"精诚团结"的意思。

（注四）但另一方面，强盗们又各自打算盘，来排挤他的"忠实同志"了。

（《晋察冀日报》1946年9月20日，《鲁迅学刊》）

写封回信寄后方

袁苓

写封回信寄后方：
收到火柴、手巾、肥皂和香烟……
亲切的话儿记在心，

我们尽知关怀意，

笑眼眯眯望后方。

火柴红，烟味香。

手巾白，肥皂光。

点根火柴吸支烟，

抖抖精神挺胸膛。

手巾擦去炮火硝烟土，

肥皂洗洗油泥脏衣裳。

慰问信，一张张，

贴在我们心坎上。

记住父兄姐妹叮咛话，

记住童工弟弟李景芳。

一切东西全收到，

句句话儿记心房。

我们能为人民爱，

最大的辛苦也不怕，

危险万分也不慌。

（《晋察冀日报》1946年9月21日，《副刊》第111期）

俘虏歌谣

轻影 录寄

一

赤脚光板，

抢吃高粱糊没碗。

楚司令大坏蛋,

成天搂着太太抽洋烟,

弟兄挨饿受冻他不管。

二

想吃小米没有,

大米白面喂狗。

汽车呜呜飞走,

留下臭味难受。

三

见了班长笑脸迎,

三挺一瞪来立正,

脖子挺、胸脯子挺、腿肚子挺,

两眼睁大还要瞪。

四

官长喊——一二三四,

弟兄喊——不治不死。

官长喊——努力奋斗,

弟兄喊——高粱黑豆。

(《晋察冀日报》1946年9月23日,《副刊》第114期①)

---

① 《晋察冀日报》1946年9月22日的《副刊》期数为第112期,1946年9月23日的《副刊》期数标为第114期,《副刊》无第113期。

承德,我们就要回来

张扬

幸福的日子还不长久,
胜利的果实还没有享受。
你,热河的心脏,"承德",
又一次遭受了十四年前的命运,
陷入法西斯罪恶的黑手。

但时间到底过了十四年,
今天已经不是从前:
从前,没有英雄的子弟兵守在你的身边,
从前,人们远没有受过磨炼,
从前,反动派把你送给日寇,
说"热河丢了与革命没有损失",
对你没有一点儿留恋。

今天,子弟兵主动的撤离,
却还高举着战斗的红旗。
是为了要永远地拥着你,
为了使反动派伸长他乌龟的颈项,
我们好挥起利斧。

承德,我们不会离弃你,
人们不会离弃你。

你看：

我们的子弟兵庄严的行列，

那枪的森林，炮的森林；

那每一双频频回顾你的

恋恋的眼睛，

那每一个刻满了仇恨的

愤怒的面孔；

那每一颗满含着希望的

沉着的心。

还有，你听，

那誓言，

那从每一个坚定的嘴唇，

迸发出雷鸣的吼声：

"我们就要回来的！"

——就是保证。

（《晋察冀日报》1946年9月23日，《副刊》第114期）

歌 三 首

淑岑

民生歌

民生苦，

民生苦，
破衣不能蔽屁股！
种上白米供军粮，
妻儿小女吃麦糊。

民生苦，
民生苦，
丘八只只猛如虎！
口口声声造你娘，
老子要你当民夫。

民权歌

说民权，
话民权，
民权二字不用谈！
杜门谢客警察问，
养只小狗受人管。

说民权，
话民权，
民权好比破泥船……
遇着洋人大兵舰，
咕哝咕哝随浪反。

民主歌

民主了，

民主了,

爷爷代民做主了!

有饭先让老总吃,

诸君暂请吃稻草。

民主了,

民主了,

民众慢慢死光了,

地上只有官和兵,

伴着洋人做祷告。

原载上海《联合晚报》

(《晋察冀日报》1946 年 9 月 24 日,《副刊》第 115 期)

军事基地网

徐雉

远看像满天星斗,

近看像一窝蜂;

美帝国主义者们

想扩大军事基地网来囊括世界,

无事忙就握起彩色笔来改变地图的颜色;

暂时基地给它画上半圈,

永久基地给它画上一圈,

还有，还有，

那些"代为防守"的不算基地的基地，

呵！那需得画个双圈，双圈！

无线电台，航空站，

海陆交通一瞬间，

把大洋缩成一座村落，

把大小岛屿缩成一排排的房屋。

拜尔波烈岛推开窗户，

懒洋洋地向马努斯岛打个招呼；

阿根都亚岛探出头来，

悠闲地向科科索绿岛道一声你好。

这里并没有什么不安全！

这里并不需要帝国主义的保障！

大西洋上没有风云，

太平洋上也还太平。

这一岛无须向那一岛要口令，

那一岛也无须向这一岛索通行证。

无数的军事基地

联结成一条条大锁链，

只不过想把别国的领土

也锁进美国大家庭里！

你的主权和利益就是我的，

维护和平只是我的一种口实！

美国的反动派

对世界人民播下这许多怀疑的种子，

将来也必然要给自己

结下许多不安全的果实，

而当这些果实成熟的时候，

是没有人会帮它收拾的，

除了它自己！

(《晋察冀日报》1946年9月25日，《副刊》第116期)

诗 二 首

一 秋收谷黄

秋收谷黄秋风凉，

野兽虎狼来抢粮。

青年壮丁上战场，

老少妇孺快收藏！

咱们赶快行动起，

打退蒋军保家乡！

秋风吹来树叶黄，

虎狼入宅谁来挡；

八路军作战在前方，

我们在后紧跟上；

担架送饭做衣裳，

军民合作打豺狼!

谁敢进犯解放区,
咱就送它坟墓去!
哪里进攻哪里挡,
哪里来了哪里亡。
只要军民团结紧,
哪怕反动派再猖狂!(郭强)

二 蒋家忙

蒋介石下令忙,
调兵遣将忙,
抓征壮丁忙,
特务行凶忙,
征粮催款忙,
监狱看守忙,
强奸民女忙,
侍奉美军忙,
经济破产着了忙,
官兵起义心里忙,
哎哟哟,
掘坟墓忙,埋自己忙,
忙来忙去,找死而忙!(笑川)

(《晋察冀日报》1946年9月27日,《副刊》第118期)

新 诗 抄

叔平

慨自接收始，

纷纷尽据楼，（注一）

后方夸五子，（注二）

前进叹一筹！（注三）

有酒皆鸡尾，（注四）

无肉不羊头，（注五）

兴来押丽者，

同驾卡车游。

（注一）占据楼房，为当时接收大员之普遍现象。

（注二）后方官僚，以五子登科自诩。

（注三）前进方面大有一筹莫展之势。

（注四）宴客应酬，皆奉行鸡尾酒会。

（注五）即挂羊头卖狗肉。

载《北平道报》

（《晋察冀日报》1946年9月28日，《副刊》第119期）

旧 歌 新 唱

说东洋，道东洋，

东洋本已打败仗；
如今盟国帮他忙，
埋头建设犹图强。

说家乡，道家乡，
家乡八年被敌亡；
如今胜利敌投降，
田园竟又沦战场。

说官吏，道官吏，
官吏本是都明理；
如今独是苦无币，
老起面皮大舞弊。

说停战，道停战，
停战本非难事体；
只要诸公有诚意，
立可解决极容易。

载上海《联合晚报》

（《晋察冀日报》1946年9月30日，《副刊》第121期）

祖国在殖民地化中

苏娄民

洋货充斥市场上，
民族工业快夭殇。
洋员执掌江海关，
自主精神早沦丧。
洋船开来内河上，
"国防第一"作何讲？
洋舰运兵打内战，
师承"前汉"李鸿章。
协助遣俘历时长，
如何迄今未遣光？
洋眷纷纷齐来华，
洋兵是否不还乡？
最后仲裁要相让，
四强之一好威光！

（注）"前汉"，非指朝代，系指以前之汉奸也。

载上海《时代日报》

（《晋察冀日报》1946年9月30日，《副刊》第121期）

王 小 林

徐树春

王小林,真可怜!

前年因为是虎年,

没饭吃,没衣穿,

爸爸吃糠肚子胀,

活活胀死真凄惨!

抛下娘儿俩,

只有叫皇天。

冬天到,没衣裳,

娘儿俩冻得直"筛糠"(注)

要饭吃不饱,

还得洗衣裳,

没钱烧熟水,

两手是冻疮,

小林到处捡煤渣,

回来冻得泪汪汪。

过年时,

富人酒肉吃个醺醺醉,

他娘儿俩连热粥喝不上。

偏是穷人爱欠账,

债主来了赛阎王,

给不了钱,多央祈,

回头娘俩哭一场。

八路军解放了易县城,

王小林到底抬了头，

赈灾领了几斗麦，

两个月吃的不发愁，

人是铁，饭是钢，

王小林背起破镐头，

自己开了二亩荒，

公家拨地一亩六，

高粱玉米长得强，

今年吃穿不发愁，

中秋节，月儿亮，

小林家里亮堂堂，

买了肉，买了面，

梨儿苹果都放光，

娘说"今天犒赏小儿子"，

儿说"儿子今天孝敬娘"。

月亮底下听广播，

娘儿两个气得慌，

"共产党，救了我，

恨穷人不死的是老蒋，

狗日的要是来进攻，

娘儿俩一齐上战场，

娘来侍奉伤病员，

我儿拿枪去打仗！"

（注）筛糠是打哆嗦，打寒战的意思。

（《晋察冀日报》1946年10月2日，《副刊》第123期）

请　问

徐雉

日本战犯们嬉笑怒骂，
满口编造着游戏文章；
法官只是伏在案桌上欣赏低级趣味，
破坏法庭的秩序和尊严，他不过问！
是法庭在审问战犯！
还是战犯在审问法庭？
请问！

连法律自身也失去正义的保障，
真正的人权在那里偷偷地哭泣；
肯宁汉假借美国律师的名义，
用法典的盾牌掩护纵火犯的罪孽！
肯宁汉呵肯宁汉，你一定不是林肯的子孙，
不然，你为什么要做法西斯"人权"的保护人？
请问！

麦克阿瑟不惜充当天皇圣旨的传达者，
苏联代表的意见却屡次遭受反对；
法庭对战犯们大开纵容和方便的门，
天皇——战犯的战犯——更是逍遥法外！
是原子弹失去"威风"了呢，
还是战胜国和战败国又携起手来？

请问!

国民党代表连外国囚犯的轻轻一击都经受不起,
又把不抵抗主义的法宝推上祭坛,
倒是几位中国平民愤怒的控诉,
有力量给他们一个猛烈的反击。
是谁最有资格代表中国?
是中国的人民还是反动派?
请问!

(《晋察冀日报》1946年10月3日,《副刊》第124期)

露 营 歌

李兆麟 遗作

　　东北著名抗日英雄与东北人民领袖李兆麟将军曾于一九三六、三七年间率领抗日联军在木兰、依兰、富锦、□北、绥滨等广大地区英勇作战。绥滨县境是黑龙江和松花江合流的三角地区,是一片沼泽地带,活动极端困难。有时候为了转移兵力,他们不得不涉过四五十里水深没膝的沼泽。从兆麟同志当时在绥滨沼泽地带所写的《露营歌》中,可以看到他们备尝艰险与抗日壮志。该歌为:

铁岭绝岩,林木北生,暴雨狂风,荒原水畔战马鸣。
围火齐团结,月照满天红,同志们怕松江晚浪生。

起来哟！果敢冲锋！

逐日寇复东北，天破晓，光华万丈涌。

（《晋察冀日报》1946年10月4日，《副刊》第125期）

退 出 中 国

任明

Hello，Joe，

开回你们的老家吧！

你们不曾听到：

从大洋的彼岸，

从你们三十五个城市里，

正传来了这样有力的呼声：

"退出中国！"

这该是你们撤退的时候了，

假如你们不愿在中国人民的心里，

留下更深的憎恨，

和更坏的回忆的话。

想起：

你们最初到中国来，

像是带来了文明与文化。

但是中国人民永不能忘记：
多少人死在吉普的车轮下；
我们也不会忘记：
你们在午夜的霞飞路上，
追逐一个乘三轮车的少女；
为了黄包车夫拒绝拉你们，
就用利刃割断了他五个手指；
我们也不会忘记：
你们在暗黑的北四川路上，
强奸一个睡在人行道上的妇女；
还有你们的一个水兵，
抢了珠宝店的几颗钻戒，
最后被追得走投无路，
用手枪把自己打死。

想起：
你们最初到中国来，
像是带来了繁荣□□□。
但是中国人民永□□□记：
多少民族工业□□□□侵略里。
我们也不会忘记：
你们像潮水似的□□商品，
流进了我们的大城和乡镇；
小小的一条朱葆三路，
顿然变成了美国的市场。
我们也不会忘记：

你们的救济物资，

救了我们多灾黎，

(这是我们应该感激的)

但不幸的，大部分的，

却养肥了我们的黄牛党。

想起：

你们最初到中国来，

像是带来了民主与和平。

但是中国人民永不能忘记：

多少次的谈判成就被毁在炮火下。

我们也不会忘记：

你们源源而来的武器，

怎样鼓舞了我们的好战分子，

多少善良的中国人民死在战场上，

多少古老的城市毁在美式配备下。

我们也不会忘记：

你们的兵舰停泊在我们的海港里；

你们的军队驻扎在我们的铁路上，

你们还用五万万元的剩余物资，

换取了中国的领海权；

而陈纳德的航空公司

可以自由地飞航在中国的天空下。

是的，

美国爱和平的人民，

我们受尽灾难的中国人民,

永远地敬爱你们

我们需要美国的,

是友爱的合作,

是平等的援助!

但我们不需要

你们的开化,管治,压迫,侵略和奴役!

Hello,Joe,

开回你们的老家吧!

你们不曾听到:

从大洋的彼岸,

从你们三十五个城市里,

正传来了这样有力的呼声:

"退出中国!"

这该是你们撤退的时候了,

假如你们不愿在中国人民的心里,

留下更深的憎恨,

和更坏的回忆的话。

原载上海《□□□□□》周刊

(《晋察冀日报》1946年10月7日,《副刊》第128期)

绝笔联句

上海《联合晚报》载蒋军某营官兵临阵伤亡前之遗呈长官联句一则，颇能窥见蒋军士兵与下级军官对内战的态度。该投稿人，并致函《联合晚报》称："昨得友函，告以右联，阅来字字沉痛，句句伤心，其情文兼到，颇足动人！想前线士兵读之，固足以唤起良心，枪口朝天，个个退伍，自家人不杀自家人也？即军师旅团营连官长读之，亦未尝不表同情而急起响应停战者也！兹特恭录其联如右，即希贵报披露，以备全国上下谋取和平统一者采纳焉！"联句如下：

我今"效忠"内战误矣！大丈夫何可阋墙？愿临阵弟兄，同德同心，枪口朝天留外御！

家遗老母贫妻悲哉！团圆节犹盼佳音！恳营连长官，一年一度，雁书代笔报平安！

（《晋察冀日报》1946年10月10日，《副刊》第131期）

东北豫北蒋区人民

受尽蒋军百般蹂躏　盼望八路军早日回来

民谣说："糟中央，烂中央，中央来了没门窗；白天锯枣树，晚上耍姑娘，生下孩子送老蒋。"

【新华社东北八日电】驻八面城（四平街西北）蒋军七一军八

七、九一等师，强迫十八至二十五岁之青年当兵，五家联保，交不出人就押扣妇孺作人质，其余四家联保也都遭殃。五十五岁瞎眼老头张辑武因不愿其子当兵而逃走后，家中房屋被拆掉，家产被抢光。王家屯一地有二十余家同遭此难，该村一千四百多人口现只有七八百老幼，青壮已大部逃往解放区。人民负担奇重，大和村全村一万多垧地，只有中、贫农民之六千多垧"出荷"，其余警察、特务等土地则无负担。每□地负担已由五斗涨至一石五斗。一斤盐成本一元要上十元税。百斤重的猪要上税一千二百元。每小盒火□的捐税亦有十元。大和村驻了一批"光复军"，牵去牲口四十二头，另有三十余名青年妇女被强迫送到八面城。黑岗子老侯家闺女因拒抗蒋军奸污被打断一只胳膊，该村五十二岁的彭寡妇祷告说："望八路军回来！我烧香烧有一棵树那样粗。"民间流行着一歌谣说："想八路，盼八路，八路再来不放走。"

【新华社晋冀鲁豫八日电】豫北新乡蒋占区人民负担奇重：麦收后每亩地已出粮八斗一合，超过今年实产数一倍，每亩地并勒交柴草七十二斤，砖十二块。一般人民已至砍伐果木充交蒋军烧柴。差役之多更为惊人：陈庄村一百二十户每天要出七十个民伕到保公所支差每大保且集中常备队五十人驱作蒋军炮灰。某些地主不堪苛扰亦，以每亩地倒贴五升麦外加五百元往出推，还没人要。民间流传着一个歌谣："糟中央，烂中央，中央来了没门窗；白天锯枣树，晚上耍姑娘，生下孩子送老蒋"。

(《晋察冀日报》1946年11月11日)

王贵与李香香
——三边民间革命历史故事

李季

第一部

一　崔二爷收租

中华民国十九年，
有一件伤心事出在三边。
人人都说三边有三宝，
穷人多来富人少。
一眼望不尽的老黄沙，
哪块地不属财主家。
民国十八年雨水少，
庄稼就像炭火烤；
瞎子摸黑路难上难，
穷汉就怕闹荒年；
荒年怕尾不怕头，
十九年的春荒人人愁；
掏完了苦菜上树梢，
遍地不见绿苗苗；
坟堆里挖骨磨面面，
娘煮儿肉当好饭；
二三月饿死人装棺材，
五六月饿死没人埋。
窖里粮食霉个遍，

崔二爷粮食吃不完；

穷汉们饿得像只丧家狗，

崔二爷心狠见死他不救。

风吹大树嘶啦啦地响，

崔二爷有钱当保长；

一个算盘九十一颗珠，

崔二爷牛羊没有数；

三十里草地二十里沙，

哪一群牛羊不属他家。

烟洞里冒烟飞满天，

崔二爷他有半个天；

县长跟前说□一句话，

刮风下雨都由他。

天气越冷风越紧，

人越有钱心越狠，

十八年庄稼没有收，

庄户人家皱眉头，

打不下粮食吃不成饭，

崔二爷的租子也难还，

饿着肚子还好过，

短□租□命□活。

王麻子三天没见□颗米，

崔二爷的狗舌头在嘴里乱打转，

王麻子把好话都说完；

"还不起租子我还有一条命，

这辈子还不起来世给你当牲灵。"

"短租子短钱短下粮——

老狗你莫非想拿命来抗"

一句话来三瞪眼,

三句话来一马鞭;

狗腿□像狼又像虎,

五十岁的王麻子受了苦,

浑身打烂血直淌,

连声不断叫亲娘;

孤雁失群落沙窝,

邻居们看着也难过:

"冬天穿皮袄为避风,

王麻子短租谷□短你的命。"

"房子家产由着你挑,

打死我租子也交不了。"

毛驴撞草垛没有长眼,

狗肚子不长人心肝,

一根棍断了又一根换,

白落红起不忍心看,

太阳偏西还有一口气,

月亮上来照死尸。

拔起黄蒿还带根,

崔二爷做事太狠心,

打死老子拉走娃娃,

一家人落了个光踏踏。

冬天里草木不长芽,

旧社会的庄户人不如牛马。

二　王贵揽工

王麻子的娃娃叫王贵，

不大不小十三岁；

崔二爷来多打算，

养下个没头长工常使唤；

算个儿子掌柜的不是大（即父亲），

顶上个揽工的不把钱花，

羊羔子落地咩咩叫，

王贵虽小啥事都知道；

牛驴受苦喂草料，

王贵四季吃不饱；

大年初一饺子下满锅，

王贵还啃糠窝窝；

穿了冬衣没夏衣，

六月天□□老皮袄，

冬天王贵去放羊，

身上没一棉衣裳；

双手冻烂血直淌，

干粮冻得硬梆梆，

心想拾柴架火烤，

雪下的柴儿点不着了。

馥兰开花五个瓣瓣，

王贵揽工整四年，

冬里雪大来年麦好，

王贵就像麦苗苗，

十冬腊月雪乱下，

王贵想起他亲大,

老牛死了换上牛不老（即小牛),

杀父深仇要子报。

三　李香香

白灵子雀雀白灵蛋,

崔二爷□住死羊湾。

大□□涨水清混不分,

死羊湾有财主也有穷人。

死羊湾前□里有一条水,

有一个穷老汉李德瑞,

白胡子李德瑞五十一,

家里只□一枝花。

女儿名叫李香香,

没有兄弟死了娘,

脱毛雀雀□冬天,

没有吃来没有穿,

十六岁的香香顶上牛一条,

累死挣活吃不饱,

羊肚子手巾包冰糖,

虽然人穷好心肠；

玉米结子颗颗鲜黄,

李老汉年老心地强,

时常拉着王贵的手,

两眼流泪说：

"娃命苦！

年岁小来苦头重,

没娘没大孤零零；

讨吃子住在关爷庙，

我这里就算你的家。"

刮风下雨人闲下，

王贵就来把柴打，

一个妹子一个大，

没家的人儿找到了家。

四　掏苦菜

山丹丹开花红姣姣，

香香人才长得好，

一对大眼水汪汪，

就像那露水珠在草上淌。

二道糜子碾三遍，

香香自小就爱庄稼汉，

地头上沙柳绿蓁蓁，

王贵是个好后生，

身高五尺浑身都是劲，

庄稼地里顶两个人。

玉米开花半中腰，

王贵早把香香看中了；

小曲好唱口难开，

樱桃好吃树难栽，

交好的心思两人都有，

谁也害羞难开口，

王贵赶羊上山来，

香香在洼里掏苦菜，

赶着羊群打口哨,
一句曲儿出口了:
"受苦一天不瞌睡,
合不着眼睛我想妹妹。"
停下脚步定一定神,
哇哇嚷声小像弹琴:
"山丹丹花来背洼洼开,
有那些心思慢慢来。"
"大路畔上的灵芝草,
谁也没有妹妹好!"
"马里头挑马不一般高,
人里头挑人就数哥哥好。"
"樱桃小口糯米牙,
巧口口说些哄人话,
交上个有钱的花钱常不断,
为啥要跟我这揽工的受可怜?"
"烟锅里点灯半炕炕明,
酒盅盅量米不嫌哥哥穷,
妹妹生来就爱庄稼汉,
实心实意赛过银钱。"
"红瓤子西瓜绿皮包,
妹妹的话儿我忘不了:
肚里的话儿乱如麻,
定下个时候说说知心话。"
"天黑夜深人睡下,
妹妹房里把话□,

——满天的星星没月亮,

小心踏在狗身上!"

五　两块洋钱

太阳落山红艳艳,

香香担水上井畔;

井深桶重绳儿短,

香香弯腰气直喘。

黑呢子马褂缎子鞋,

洼洼里来了个崔二爷,

一颗脑袋像个山药蛋,

两颗鼠眼笑成一条线,

张开嘴瞭见大黄牙,

顺手把香香捏了一把:

"你提不动我来帮你提。"

香香闻听心好恼:

"崔二爷你可守规矩,

毛手毛脚干啥哩!"

"小娇娇你不要恼,

二爷早有心和你交;

大米干饭羊肠汤,

主意早打在你身上,

交了二爷你方便,

吃喝穿戴由你拣。"

香香又气又害羞,

担上水桶往回走,

崔二爷紧跟在后边,

腰里摸出来两块钱：

"二爷给你两块大白洋，

拿去扯两件花衣裳。"

香香的性子本来躁，

自幼就把有钱人恨透了；

一恨一家吃不饱——

打下的粮食交租了；

二恨王贵给他揽工——

没明没夜当牲灵；

脸儿红似石榴花：

"谁要你□（做肮脏解）钱干什么?!"

"死丫头你不要不识好，

惹恼了二爷你受不了！"

挨骂狗低头顺着墙根走，

崔二爷的醋瘾没有过够；

"井绳断了桶掉到井里头，

终久脱不过我的手；

放着白面你吃饸饹，

看上王贵你看不上我；

王贵年轻是个穷光蛋，

二爷我虽老有银钱；

铜箩筛面落面箱，

王贵的命儿在我手上，

烟洞里卷烟房梁上灰，

我回去叫他小子受两天罪。"

第二部

一　闹革命

三边没树石头少，

庄户人的日子过不了，

天上无云地下旱，

过不了日子另打算，

羊群走路靠头羊，

陕北起了共产党，

头名"老刘"二名高岗，

红旗插在半天上，

草堆□落火星熊熊燃烧，

红旗一展穷人都红了。

千里的雷声万里的闪，

快哩马撒红了个遍。

紫红犍牛自带耧，

闹革命的心思人人有，

前半响还是个庄稼汉，

到黑里（即黑夜）偷枪打营盘，

打开寨子分粮食，

土地牛羊分个光。

少先队来赤卫军，

净是些十八九的年轻人。

女人们走路一阵风，

长头发剪成短缨缨。

上河里涨水下河里混，

王贵暗里参加了赤卫军，

白天到滩里去放羊，

黑夜里开会闹革命，

开罢会来鸡子叫，

十几里路往回跑；

白天放羊一整天，

黑夜不眨一眨眼，

身子劳碌精神好，

闹革命的心□一满高。

手指头五个□一般长，

王贵的心思和人不一样：

别人的仇恨像座山，

王贵的仇恨比天高；

活活打死老父亲，

此刻又要抢心上的人；

牛马当了整五年，

崔二爷没给过一个工钱。

崔二爷来胡日弄（即胡搞），

修寨子买马又招兵。

地主豪绅个个凶，

崔二爷是个大坏□，

庄户人个个想吃他的肉，

狗儿见他也哼几哼，

众人向游击队长提意见，

早一天打下死羊湾；

心急等不得豆煮烂，

定下个日子腊月二十三。

当夜先捉定崔二爷，

到天明大队开□死羊湾，

定下计划人忙乱，

后天就是二十三。

二 太阳会从西边出来吗

打着了狐子兔子搬家，

听见闹革命崔二爷心害怕，

白天夜晚不瞌睡，

一垛墙想堵黄河水。

明里查来暗里访，

打听谁个随了共产党，

听说王贵暗地闹革命，

崔二爷头上冒火星。

放羊回来刚进门，

两条麻绳捆上身，

顺着捆来横着绑，

五花大绑吊在二梁上，

全庄的男女都叫上，

都来看闹革命的啥下场。

连着打断了两根红柳棍，

昏死过去又拿冷水喷，

菜油点灯灯花亮，

王贵浑身扒了个光，

两根麻绳捆着胳膊腿，

捆成个鸭子倒浮水，

满脸浑身血道道，

活像个剥了皮的牛不老。

崔二爷来气汹汹，

打一皮鞭问一声：

"癞蛤蟆想吃天鹅肉，

穷鬼们还能闹成个大事情！"

"老狗日你不要耍威风，

不过三天要你狗命，

我一个死了不要紧，

千万个穷汉后头跟。"

"王贵你不要说大话，

说来说去咱们是一家，

姓崔的没有慢待过你，

猴娃娃养成大后生。"

"老王八你不要灌米汤，

又软又硬我不上你的当。

世上没良心的就数你，

打死我亲大把我当牲畜；

苦死苦活一年到头干，

整整五年没见你半个钱；

三更半夜牲口正吃草，

老狗日你就把我吼叫起来了；

没有衣裳没有被，

五年穿你两件老狗皮；

你吃的大米和白面，

我吃顿黄米当过年；

一句话来三瞪眼，

三天两头挨皮鞭；

你是人来我也是个人，

为何你这样没良心；

穷王贵虽穷心眼亮，

自己的事情□主张，

闹革命□功我翻身了，

不闹革命我也活□长；

要杀要剐随你便，

你的鬼心眼我知道，

硬办法不成软办法来，

想叫我顺了你把良心坏，

趁此收起你那鬼算盘，

想叫我当狗难上难。"

崔二爷急得像疯狗，

撕破了老脸一跳三尺高，

说个"打"字皮鞭如雨下，

痛得王贵紧咬着牙。

一阵阵黄风一阵阵晦，

香香看着心上如刀扎，

一阵阵□颤一阵阵麻，

打王贵就像打着了她，

脸皮发红又发白，

眼泪珠不由地滴下来，

两耳发火浑身麻，

活像一个死娃娃。

为救亲人想的办法好，

偷偷地跑出了外门道，

一边走来一边想：

"王贵的命儿就在今晚上，

他到刘家圪塔去开会，

那里该住着游击队，

快□快跑把信送，

迟一步亲人就难活命。"

三　红旗插到死羊湾

队长的哨子呼呼响，

挂枪上马人人忙。

听说王贵受苦刑，

半夜三更传命令：

"王贵是咱好同志，

说什么也不能叫他把命送。"

二十匹马队前边走，

赤卫军少先队紧跟上，

马蹄落地嚓嚓响，

长枪短枪红缨枪，

人有精□马有劲，

麻麻亮□开了枪。

白生生的蔓菁一条根，

庄户人和游击队是一条心，

听见枪声齐下手，

菜刀鸟枪打狗棒，

里应外合一起干,

枪声一响鸡狗乱叫唤,

游击队打进了死羊湾。

崔二爷当炕上睡大觉,

听见枪声往起跳。

打罢王贵发了瘾,

洋烟□得正起劲,

黄铜烟灯玻瑙罩,

银铸的烟葫芦不能解心焦。

□小老□□三个,

哪个也没有香香好,

王贵这一回再也活不了,

香香就成了我的了,

越想越是赛砂糖,

涎水流在下巴上,

烟灯旁边做了一个梦,

把香香抱在怀当中,

又酸又甜春梦做不长,

"噼啪""噼啪"枪声响,

头一枪惊醒坐起来,

第二枪响时跳下炕,

连忙叫起狗腿子:

"关着大门快上房:

哪边过来哪边打,

一人赏你们十块响洋。"

人马多枪声稠,

崔二爷心里没了主张，

太阳没出满天黑，

崔二爷从后门溜跑了。

太阳出来大天亮，

红旗插在山腰上，

太阳出□一朵花，

游击队和咱穷汉们是一家，

稠稠的米粥热腾腾，

招待游击队好吃喝。

扶上王贵松开了绑，

游击队的同志们个个眼圈红，

把王贵痛得直昏过，

香香哭着叫哥哥：

"你要死了我也不得活，

睁一睁眼睛看一看我。"

四　自由结婚

太阳出来满天红，

革命带来了好光景，

崔二爷在时就像大黑天，

十□九□没吃穿，

穷人翻身赶跑崔二爷，

死羊湾变成活羊湾。

灯碗里没油灯不明：

庄户人家没地种就像没油的灯，

有了土地灯花亮，

人人脸上发出光。

吃一嘴黄连吃一嘴糖，

王贵娶了李香香，

男女自由都平等，

自由结婚新时样。

唐僧取经过了七十二个洞，

王贵和李香香受的折磨数不清，

千难万难，

患难夫妻实在甜。

候鸟投窝叫"喳喳"，

香香进洞房泪如麻，

清泉里"淌"水水不断，

滴湿了王贵新布衫，

"半夜里就等着公鸡叫，

为这个日子把人盼死了。"

香香想哭又想笑，

不知道怎样说着好。

王贵笑得说不出来话，

看着香香还想她，

双双拉着香香的手，

难说难笑难开口：

"不是闹革命穷人翻不了身，

不是闹革命咱们也结不了婚。

革命救了你和我，

革命救了咱们庄户人；

一杆红旗要大家扛，

红旗倒了大家都遭殃。

快马上路牛耕地,
闹革命是咱们自己的事。
天上下雨地下滑,
自己跌倒自己爬;
太阳出来一荷劲的红,
我打算□□闹革命。"
过门三天安了家,
游击队上报名啦!
羊肚子手巾缠头上,
肩膀上扛着无烟钢(枪名)。
十天半月有空了,
请假回来看香香,
看罢香香归队去,
香香送到沟底里;
满湾里胶泥黄又多,
挖块胶泥捏咱两个;
捏一个你来捏一个我,
捏得你像活人样,
摔碎了胶泥人再重"活",
再捏一个你来再捏一个我,
哥哥身上有妹妹,
妹妹身上也有哥哥,
捏完了泥人叫哥哥:
"再等几天你来看我。"

第三部

一　崔二爷又回来了

大红晴天下猛雨，

鸡毛信传来了坏消息。

拿住鸡毛信□住气地跑，

压迫人的白军又来了。

游击队连夜开到白军屁股后边去，

上级命令去打游击，

吹起哨子扛起枪，

王贵没顾上去看香香。

死羊湾黑里听到信，

第二天大清早白军进了村：

白军个个黑丧着脸，

好像人人都短他们二百吊钱。

东家查来西家问：

"谁家有人随了红军？

谁家分了牛和羊？

谁家分地又分房？"

绳子绑来刺刀逼，

崔二爷的东西都要回去。

狗腿子开路狼跟在后边，

崔二爷又回到死羊湾，

长袍马褂文明棍，

崔二爷还是那个□样子。

东家溜来西家串：

"想发我姓崔的洋财是枉然；

真龙天子是个谁，

死羊湾的天下还姓崔。"

本性难改狗吃屎，

崔二爷想香香心□没有死，

打发李德瑞去支差，

崔二爷来到她家里，

露着牙齿只是个笑：

"小香香我又回来了；

过去的事情我全不记，

只要你乖乖地跟我去。

你那红军老汉跑得没影踪，

活活守寡我心里不安生；

小香香不要再任性，

你跟上我有吃有穿真受用。"

香香又气得不知怎么好，

低着头来不说话。

崔二爷不要脸胆子大，

照着脸上捏了一把；

顺水推舟亲了一个嘴，

大白天他想胡日鬼；

香香气急往外跑，

一边跑来一边叫，

满脸笑着把门堵：

"女人家做事真糊涂。"

说着说着又上前，

香香把唾沫吐了他一脸，

双脚乱蹴手乱抓，

崔二爷脸□叫抓了两个血疤疤，

邻居们都来看热闹，

崔二爷害臊往回跑，

临□□□香香说：

"看你闹的算个啥！

打开窗子把话说个明，

这一回你从也要从，不从也要从。"

二　羊肚子手巾

崔二爷他把良心丧，

李德瑞支差一去不回来。

老雀死了公雀飞出窝，

香香一个人怎过活，

有心去找游击队，

狗腿子照（即看守）走不开。

请上这个央那个，

一天来劝两三遍，

硬的吓来软的劝，

香香至死心不变。

羊肚子手巾一尺五，

擦干了眼泪再来哭；

房子后边土坡坡，

瞭见窗子外边黄沙窝，

沙梁梁高来沙窝窝低，

瞭不见亲人在哪里；

房子前边种榆树，
长得不高根子粗，
手攀着榆□摇几摇，
你给我搭个顺心桥；
隔窗子瞭见雁飞南，
香香的苦□数不完：
人家都说雁儿会带信，
捎几句话儿给我心上的人：
"你走时树木才发芽，
树叶落净你还不回家；
马儿不走鞭子打，
人不能回来捎上两句话；
一圪垯石头两圪垯砖，
你不知道妹妹怎么难，
满天云彩风吹乱，
咱们的婚姻叫人破坏；
五谷里数不过豌豆圆，
人里头数不过咱两个可怜，
庄稼里数□□糜子光，
人里头数不过咱俩凄凉。
想你想得吃不进去饭，
心火上来把嘴燎烂；
阳洼里糜子背洼里谷，
哪达想起你哪达哭；
端起饭碗想起了你，
眼泪滴到饭碗里；

前半夜想你点不着灯,
后半夜想你天不明,
一夜想你合不着眼,
炕沿上边画你眉眼;
叫一声哥哥快来救救我,
来得迟了命难活;
我要死了你莫伤心,
死活都是你的人!"
刘二妈来好心肠,
香香难过勉陪上,
得空就来把香香劝:
"可怜的娃娃不要伤心,
有朝一日游击队回来了,
公仇私仇一齐报,
活捉□二爷拿绳绑,
狗腿子白军一扫光。"
三十三颗荞麦九十九道棱,
伤心过度香香得了病,
天不下雨庄稼颜色变,
面黄肌瘦变了容颜,
带病做了一双鞋,
含着眼泪交给刘二妈:
"刘二妈这双鞋托付你,
我死后一定要捎给他,
递去鞋子把话捎:

他只能穿我这一双鞋子了！"

三　团圆

崔二爷发了火：

"死丫头这样不抬举我！"

黑心歪劣赛虎狼，

下了毒手抢香香。

七碟子八碗摆酒席，

看下的日子腊月二十一。

崔二爷娶小狗腿子忙，

坐席的净是连排长；

当兵每人赏了□□钱，

猜□赌□闹翻天。

香香哭得像泪人，

越想亲人越伤心：

红绸子裤来□缎子袄，

两三个老□来强劝，

香香又哭又是骂：

"姓崔的你怎么不娶你老妈妈！

有朝一日遂了我心愿，

小刀子扎你没深浅！"

听见只当没听见，

崔二爷当炕上抽洋烟，

过足了烟瘾□看酒，

推推□让活像一群咬架狗，

你敬我来我敬你，

烧酒□在狗肚里，

你恭喜来他恭喜,
崔二爷好比是他亲大哩。
崔二爷来笑嘻嘻:
"薄酒蔬菜大家要原谅哩,
我娶□小房靠□□,
众位不□忙就没法;
本来该叫她来敬敬酒,
酬劳诸位多辛苦;
脑筋不转只是个哭,
往后见了再叫□补;
这□女人本来贱,
看不上有钱的要穷汉;
穷骨头王贵挣又强,
胳膊扭大腿他犯不上;
我和她这婚姻天配就,
东捣西捣没脱过我的手;
从□肥羊大圈里生,
穷鬼们再也闹不成。
说来说□还是我说的那句话:
'太阳会从西边出来吗?'"
喝酒赌博寨门口没放哨,
游击队悄悄进来了;
枪声一响乱喊杀,
咱们的游击队打来啦;
□人□马一杆枪,
咱们游击队势力壮;

大刀马枪红缨枪,

马枪步枪无×钢,

白军当兵的哪个愿打仗?

乖乖的都给游击队缴了枪。

点起火把满寨子明,

庄户人个个来欢迎,

连排长没兵酒席桌前干着急,

崔二爷吓得钻地炕洞里;

连长跑了抓排长,

一个一个都捆上,

崔二爷浑身软不踏,

捆一个老头来看瓜

(都把头捆在裤子里);

连长翻身往外跳,

冷不防被牛四娃抓住了。

听见枪响香香笑,

十成是咱游击队打来了,

人逢喜□精神爽,

翻起身来跳下炕,

走起路来快又急,

看看我亲人在哪里。

队长□前请了假,

王贵到上院来找她;

满院子火把亮又明,

不见我妹妹在哪里,

老远远瞭见一个新媳妇,

下身穿红上身绿；

马有记性不怕路途长，

王贵的模样香香不会忘，

羊肚子手巾脖子里围，

不是□哥哥是个谁？

两人对面拉着手，

难说难笑难开口，

一肚□□儿说不□来，

好□□一条手巾把嘴塞，

挣有半天王贵才说了一句话：

"咱们闹革命，革命也是为了咱。"

(《晋察冀日报》1946年12月24日、12月25日、12月26日、12月27日、12月28日连载)

翻 身 歌 谣

这里所辑的几首歌谣都是冀中各地翻身农民自己创作的。

——编者

恶霸画像

一 地主的家

进大门，门房管家看财奴。

进前院，金鱼荷花石榴树。

进前厅，老妈抱孩厨司夫。

往里走，先生肥肥狗了头！

二　恶霸王卜吉

拆大寺，盖皇城，

王卜吉（注一），坐朝廷，

强霸小贵坐西宫（注二）；

保国大臣徐子卿（注三）；

能掐会算毕先生（注四）。

　　（注一）胜芳大地主。

　　（注二）一个农民的女儿。

　　（注三）胜芳恶霸。

　　（注四）同上。

哭诉

一

北星落，太不平，

富的太富穷的太穷。

四大门，真是凶，

喝血鬼霍荫荣，

小算计，霍子明，

压得穷人真口疼，

顽固蛋，霍荫楠，

称钩子眼霍云千，

欺负穷人太凶残。

二

提起霍荫荣，

哪个也头疼,
不负担,不上工,
指着狗腿杨宗孟,
杨宗孟,是坏种,
硬逼穷人去上工,
穷人们,没法办,
谁若不去就难看,
饿肚子,过歉年,
挨打还说不长眼,
提起这件事,
哪个不心酸。

三

好心狠,霍云千,
强霸民宅修花园,
楼院也是穷人的,
还说用地来替换,
许着给地他不给,
谁敢要地把脸翻。

斗争

一 别受骗

猫哭老鼠瞎装蒜,地主哭穷假可怜。
黄鼬找鸡装拜年,虎带佛珠假行善。
地主摆席请穷汉,没安好心怕清算。

二 不信谣言

特务坏蛋造谣言,破坏穷人把身翻,

吓唬穷人不敢动,欺骗宣传想变天,

拆散农民大团结,挑拨穷人闹意见!

穷人们,要看穿!

咱们不听蝼蛄叫,坚决起来把身翻!

追谣

谣言从哪里来,我们追回哪里去;

谣言从哪里起,把它追根追到底;

谣言从哪里说,把它追回到老窝;

谣言从哪里流,把它追根追到头。

翻身

一

苏家屯改王家屯(注一),农民村庄翻了身;

梁苏何余宫许家(注二),他们田园还穷人。

老爷少爷和太太,今是咱们小孙孙!

(注一)王家屯原本该村老名,后因地主苏子干(系明末出卖北京平则门之苏志恒后裔)恃势欺人,遂将王家屯改成苏家屯。此次斗争胜利后,农民又改苏家屯成王家屯。

(注二)是该区六户大地主。

二

千年坏封建,今天算玩完!

该下我们账,要还我们钱。

不受他们气,我们把身翻。

我地归还我,有吃又有穿。

不是共产党,哪里有今天;

救了老百姓，享福没有完。

谁来对我香，我就对谁甜；

拥护共产党，高呼万万年。

（一）土地改革到孙村，孙老德从今翻了身，

唱唱喝喝大街走，再不是愁眉苦脸的人。

（二）人民大众把身翻，老德今年有了田园，

三亩园子五亩地，一眼大井在中间。

（三）自己的土地细心耕，搭整的地块一抹平，

乱柴野草全拔掉，这块土地是我的了。

（四）穷人翻身抬了头，孙老德有了自己的牛，

手扶着犁杖去耕地，嘚哒哦吁带哦吼。

（五）自己的牲口多加料，喂的到来饮的到，

夜晚吃草我陪着，小小黄牛享福了。

（六）有了土地就不受揶，孙老德还有了一辆车，

自车自牛农具全，你看我外套车辕多□□。

（七）套上牛车□串亲，老德穿戴得像个新人，

亲戚朋友另眼看，恭喜你这翻身的人。

（八）你恭喜我恭喜，咱们穷人是一体，

你鞠躬我鞠躬，咱们的救星毛泽东。

（九）老德分得三间房，夜晚睡下细思量，

要是没有共产党，我怎么会躺在这条炕上。

（十）孙老德今年三十八，半辈子光棍没成家，

有了园子有了地，新娶的媳妇下轿□。

（十一）老德种地称英雄，新娶的媳妇也能行，

新郎新妇新土地，五福临门喜相逢。

（十二）受苦的日子过去了，千年的铁树开花了，

受苦的汉子直起腰,翻身的日子记下了。

(《晋察冀日报》1947年1月1日)

新年对联

边委会教育处 编

四季勤劳动
五谷庆丰收

打退反动派
保卫解放区

生产要劳动
学习须用功

运销获厚利
纺织赚大钱

翻身保饭碗
拿枪立大功

春天计划好
秋后收成多

纺织可以致富
驮运也能兴家

鼓起清算勇气
接受斗争经验
实现民主自由
消除封建□□

翻身同享□□果
复仇共赏自由花

翻身积极搞生产
清算彻底挖穷根

持家当学吴满有
救国永□毛泽东

养猪养羊养牛马
挖煤挖□挖金银

拿起枪杆保饭碗
打倒蒋伪享太平

四海工农皆朋友
天下穷人是一家

拨工换工尽人力
选种浸种防天灾

□□救□共产党
大慈大悲毛泽东

提高农民新力量
清除地主寄生虫

观今年风调雨顺
看到处物阜民康

劳武结合保饭碗
军民团结立大功

半耕半读□教育
克勤克俭好作风

□□□□求实用
参军参战为和平

为民服务争模范
参军作战当英雄

永远跟着共产党
坚决拥护八路军

不劳而获最可耻
自食其力顶光荣

积极开展大生产
坚决争取好模范

□□□□□□
慰劳□□子弟兵

劳资合作新气象
军民团结好作风

年年作生产计划
人人学劳动英雄

过年不忘站岗放哨
生产注意□作□□

群策群力支援前线
一心一□巩固后方

过新年加强新团结
辞旧岁扫除旧作风

节衣缩食支援前线
精耕细作充实后方

加紧运输支援前线
努力生产巩固后方

足食足兵保证胜利
克勤克俭过好光景

精兵简政加强武力
艰苦奋斗争取和平

□家上冬学真正好
全民来□□实在强

□□翻身保□百辈富
认真算账扫除万年穷

反对专制魔鬼蒋介石
拥护人民救星毛泽东

工读并行推进新教育
劳武结合保卫好光景

过新年莫忘拥军优抗
争胜利首须革心翻身

丰衣足食感谢共产党
爱国保家参加子弟兵

坚持阵地要做铁筋钢骨
咬紧牙关不当软蛋稀泥

发展工农商业繁荣经济
保证烈抗干属安定生活

老人□□□不料有今日
小孩拍手□这才是新年

□□结合边战斗边生产
军民一体又□□又拜年

□□起来好好开展大生产
坚持下去快快打□□□战

观我军转主动正在方兴未艾
看蒋贼被□灭已到□□途穷

遵循张永□道路地主也要立志
发展吴满有方向农民就能翻身

继续八年抗战威力打垮反动派
提高百□生产情绪建设好光景

好人放行并指点道路
坏蛋扣住要盘查门径

民主团结
劳资合作

拥军优抗
努力生产

(《晋察冀日报》1947年1月4日)

黄炎培元旦赋诗

"借问将军马歇尔,将军究为何事来?"

【新华社延安十五日电】沪讯:黄炎培在一日《文汇报》发表《元旦四绝》,原诗如下:

去年一月内战松,今年战火□西东;天干不见雪花白,但见血花满地红。

去年一月政协开,今年决议烧作灰;借问将军马歇尔,"将军究为何事来?"

去年陪都庆新正,今年首都谒先灵;先灵地下唯痛哭,哭了民权哭民生。

去年战后呼苦恼,今年舆论换一套;"居不得安食不饱,死去还比活着好"。

(《晋察冀日报》1947年1月19日)

新 春 联 语

想过去地主剥削饥寒交迫度日月
看今朝农民翻身衣食丰足乐大年

果实在手中绝不让反动派血手夺□
饭碗到唇边岂能容蒋奸贼铁蹄蹬翻

彻底摧毁封建统治还我良田美地
坚决打垮反动集团保卫祖国家乡

用翻身烈火烧烬五千年封建势力
以民主怒潮冲垮蒋介石独裁野心

想旧日过除夕米面皆无合家泪
看今天渡元旦酒肉齐全满门欢

不靠天不靠地靠自己努力生产
要学勤要学俭学人家劳动英雄

认真优抚代耕争取拥军模范
积极组织生产做个劳动英雄

反卖国反内战反对独裁专政
要独立要和平要求民主自由

反对贪污浪费提倡廉明节约
实行精耕细作奖励劳动英雄

上战场杀敌人犹如下山猛虎
赴前线抗蒋贼好似出水蛟龙

开源和节流并重勤俭为本
学习与生产结合耕读传家

精纺精织土经土纬出好布
细耕细作宅旁隙地变良田

开家庭会议贯彻民主团结
作生产计划实现耕三余一

庆祝土地回老家人人欢乐
积极准备大生产□个争光

喜去岁土地还家穷人翻身
看今年生产运动五谷丰登

推翻专制独裁改造旧社会
争取民主自由建设新国家

喜洋纱穿洋布真正耻辱
爱土线用土布无上光荣

改善生活需赖精耕细作
国富家丰更要开源节流

讲卫生闹合作人兴财旺
勤劳动多生产足食丰衣

公平交易特别优待军属
以义为利不忘经济斗争

认真优军战士安心作战
彻底翻身农民永不受穷

毛泽东救人民流芳百代
蒋介石卖祖国遗臭万年

抵制美货防止财源外溢
发展土产争取自力更生

解放区祥光万道充牛斗
大后方乌烟瘴气遮青天

传来胜利消息全家同庆
贯彻土地政策万民皆欢

军爱民民拥军军民团结
你帮我我帮你你我一心

兴家立业学习吴满有
地主转变效法张永泰

翻身分地享得新日月
参军保田才有太平春

多生产完成耕三余一
不撒懒做到家有存粮

组织起来事事有办法
劳动下去年年好光景

共产党来时千祥云集
解放军到处万象更新

省吃俭用力求节约
早起晚睡刻苦成家

贺新年重订户计划
辞旧岁实行拨换工

建设冀中发展生产
支援前线保证军需

抵制美货全民为力
推销土产商人有责

多学多问多识字
多耕多锄多打粮

解放妇女忙生产
翻身青年快参军

辞旧岁摆脱旧压迫
过新年要做新主人

翻身分田有地种
参军自卫保家园

宅田地一生至宝
共产党恩重如山

昔年无地吃穿少
今年有地不受穷

共产党恩如地厚
八路军义比天高

组织起来保田产
踊跃参军护家乡

男子汉参军自卫
大丈夫护国佑民

过新年积极备战
辞旧岁踊跃参军

除旧岁总结生产
迎新年计划春耕

过新年莫忘国耻
辞旧岁须记复仇

持家大道勤生产
建国宏谋爱人民

劳动创造新社会
民主建设新国家

毛泽东坚持团结
蒋介石破坏和平

庆新年捍卫胜利果
贺元旦保护民主花

顽伪殃民无人不恨
八路救国有口皆碑

毛主席为人民英雄
朱将军乃国家干城

男耕女织辛勤度日
早起晚睡刻苦成家

年年莫忘生产计划
人人应学劳动英雄

集资合股商业大
公平交易买卖多

民主自由新世界
劳动读书好人家

男女老幼齐生产
一家大小无闲人

游手好闲多可耻
勤劳俭朴才光荣

□工互助多得利
好吃懒做要受穷

半工半读真教育
能勤能俭好作风

脚步紧跟共产党
眼睛□望毛泽东

男耕女织勤劳动
军民合作一家人

新年新月新气象
保国保家保田园

解放区光天化日
蒋占区漆黑一团

再接再厉争民主
一心一德反独裁

去岁田园归故主
今年五谷庆丰登

兴家仿效吴满有
劳动学习王秀鸾

鼓乐喧天除旧岁
田地还家过新年

男耕女织齐生产
吃饭穿衣不发愁

地回老家群情鼓舞
物归故主万众腾欢

革命扫除旧封建
劳动创造新乾坤

书香门第春常在
劳动人家庆有余

开春迎暖新机动
土地还家旺业兴

翻身感谢共产党
吃米别忘种谷人

男的前方去打仗
女的在家生产忙

农民翻身迎新岁
自卫备战送旧年

土地改革家家乐
参军保田人人欢

结彩悬灯辞旧岁
欢天喜地过新年

梅花数点春来到
爆竹声中地还□

翻身勿忘共产党
还田感谢毛泽东

烧香磕头有啥用
戒烟忌酒净沾光

生产是致富道路
劳动乃发家根源

努力劳动光景好
积极生□岁月佳

后方生产做模范
前线杀敌逞英雄

反对懒婆懒汉
奖励劳动英雄

争取独立民主
反对卖国独裁

军民合作打胜仗
兄弟同心土变金

世上工人无二意
天下农民是一家

民主浪潮深似海
群众力量大如山

发展农业生产
提倡合作经营

防止疾病传染
讲求清洁卫生

兴办土产工业
抵制美货倾销

马列主义教子
朱毛志向传家

穷人分得地
子孙不受穷

恭贺分得地
庆祝大翻身

翻身有地种
吃穿不费难

耕种浇锄有计划
麦棉谷豆打得多

支援自卫战
打败蒋介石

家家有地种
户户有吃穿

耕读传家好
参军教子贤

庆祝翻身日
迎接生产年

革除旧习惯
建立新家庭

积极生产称模范
踊跃参军是英雄

世界潮流趋民主
人心所向是和平

新春建设新民主
旧年改造旧□风

组织起来力量大
精耕细作生产多

坚决拥护共产党
永远跟着毛泽东

农民翻身千家乐
生产发财万民欢

勤劳动兴家建国
多生产足食丰衣

劳动英雄人称赞
参军模范真光荣

独立自由民主地
平等幸福解放区

参军保家人人赞
留得美名万古传

踊跃参军保乡国
积极备战护身家

人民救星共产党
民主干城八路军

张永泰开明地主
吴满有劳动英雄

土地还家勤生产
丰衣足食断穷根

早起晚睡忙生产
精耕细作多打粮

人人参加劳动
个个不缺吃穿

土地还家归旧主
军民拍手贺新春

蒋占区人间地狱
解放区天下乐园

讲卫生人口兴旺
勤劳动丰衣足食

踊跃参军辞旧岁
开展爆炸过新年

精耕细作多施粪
组织起来勤清工

农民翻身新气象
丰衣足食好光景

解放区丰衣足食

蒋占区民不聊生

土地改革生活好

农民翻身过新年

横批

精耕细作

精纺精织

经济繁荣

建设冀中

加强团结

春耕夏种

拥政爱民

生产节约

保卫土地

保卫饭碗

家家欢乐

有吃有穿

万象更新

彻底翻身

积极生产

翻身快乐

国富民强

变工互助

耕三余一

保田保家

民主自由
丰衣足食
国民团结
五谷丰登
幸福家庭
男耕女织
坚决自卫
省吃俭用
生产发家
兴家立业
勤俭家风
保卫冀中
战斗生产
农作改良
拥军拥政
爱国爱民
开展爆炸
踊跃参军
发展生产
开辟财源
地归老家
粮食丰足
庆祝翻身
恭贺解放

(《晋察冀日报》1947年1月19日)

兵余湖游

黄炎培

剩有寒苔绿到门,千今百古与招魂。
谁家弦诵琴巢里,一树霜红写悃痕。
日日□车载大群,血花涌作满湖云。
受降城外新歌舞,鬼哭北高山下闻。

（日寇陷杭,每日自各地搜捕青年,车运北高峰下,一一刺腹灌硝□水死之,哭声震野。）

芒鞋踏遍劫余灰,手拨重霾开未开。
倚醉是歌还是哭,湖山冷笑尔无才。

霜晨雾夕乍胜棉,秋尽明湖碧可船。
欲拾自然供话茗,萧萧乱叶晚霞天。

爱从朗昼寻残月,淡淡幽弧倍有情。
记取崦嵫长寂寂,冥行终仗你光明。

（《晋察冀日报》1947 年 2 月 13 日）

抗 属 盖 房

远千里

抗属盖房大家帮,

嘻嘻哈哈闹嘎嘎。

我锄一锹泥,

"有什么困难尽管提!"

他搬一个坯,

"求人也不必把头低!"

★★★★★★★

你儿去打蒋介石,

你儿保卫咱边区,

人心都是肉长的,

人情都是心换的。

★★★★★★★

嗨咦嗨,真积极,

你挑水来我和泥,

墙山垒得正正的,

房顶抹得平平的!

★★★★★★★

不怕雨,不怕风,

抗属家家喜洋洋。

(《晋察冀日报》1947年2月13日)

苗得雨诗歌流传民间

【新华社山东13日电】鲁南沂南县苗家庄孩子诗人苗得雨的诗歌流传民间，深得广大农民的喜欢。去年反奸诉苦运动中，苗家庄当过汉奸的那些恶霸低下头来，才十三岁的苗得雨高兴地写了一首短诗：

大汉奸，真可恨，
霸人地占人房，
强迫良女做二房，
今天咱们要算账，
看他还摸胡不摸胡？

★★★★★★★

有咱毛主席一手撑住天，
有苦就诉苦，
有冤就诉冤，
今天不说话，
过后别嫌晚！

苗得雨的诗歌随着报纸的散步传到恶霸的耳朵里，他们大都羞得脖子通红地说："这一手可真厉害呵！"他又作歌庆祝他姑家的翻身：

喜鹊叫喳喳，
今天我去走姑家，
姑姑家里变了样，
添了毛驴黄大妈（即黄牛）。

★★★★★★★

以前姑家受人欺，
如今抬头翻身啦！
三亩土地回家来，
写了地约保护它。
自己的地多下力，
日子过得实在咱（即高兴之意）。

★★★★★★★

俺表哥娶了亲，
又俊又能全家喜，
外亲来道贺，
进门把牙呲（喜笑之意）
"恭喜，恭喜，
增财又添喜！"

土地改革完成后，苗得雨刚十四岁，又写了一个翻身大鼓来庆祝，里面有一段是：

现如今土地回到老家，
打下那五谷杂粮全归咱，
天翻地覆世道变，
如今后我全家有吃穿，
分了地来扎下根，
把苦水吐出来换上甜，
千万别忘了救命的共产党！
蒋介石在那里心不甘，
咱们要保住饭碗保住地，
快快长大起来把军参！

（《晋察冀日报》1947年2月16日）

蒋区人民的一首战歌

【新华社冀东一日电】天津某报"五四"纪念日载诗一首如下：

五四——我是"叛变"节、先锋节、号召节。

孩子们，是时候了。

风是号角，

海是哨音，

电闪是指挥刀，

雷鸣是战鼓。

燃烧的准备燃烧，

爆裂的准备爆裂，

联合起一切不自由的人争自由，

联合起一切争民主的人争民主。

有尖刀的拿出尖刀来，

有枪的扛起枪，

有地雷的埋下地雷，

没有刀的，没有枪的，没有地雷的舞拳头挥击，无手的无脚的用声音呐喊！

孩子们！

对准那封建专制传统开刀！

对准那贪污腐化反动独裁的集团射击！

挺向前，

把民主接过，

把科学接过，

把自由的权利让给人民，

把幸福的欢笑转给老百姓。

黑暗已在褪色，

黎明号声已响，

孩子们！

站在我肩上迎接那红太阳！

(《晋察冀日报》1947年5月13日)

蒋区物价飞涨　士兵生活困苦

【本报讯】四月二十九日《北平时报》载有蒋军士兵生活困苦与情绪不满的打油诗一首，兹抄录如下：

只闻物价涨，未闻增加饷；

加饷加得慢，物价往前抢；

等到加下来，也是空指望；

物价坐飞机，薪饷徒步闯；

闯未三五步，飞机炸弹响；

迎头一声响，骇得眼泪淌；

当兵十几年，难把爹娘养；

说到儿和女，更是作梦想；

最后一句话，告诉大家讲，

希望穷人早完蛋，富人官僚把福享。

(《晋察冀日报》1947年6月1日)

访 苦 歌

工农通讯员　王元寿 石文臣

一

下乡要往穷人家钻，心里先有五不嫌；
不嫌糠面饭，不嫌铺破席片，
不嫌圪巴碗，不嫌看火灵旦（注一），
壁虱圪蛋能咬几天，翻了身这些都能变。

二

上地睡觉滚在一起，亲戚朋友拉扯起，
放架子放武器（注二），放背包放疲气，
家里没水给担水，上地更是要紧的。

三

千万不要过发急，话语说得土土的，
见什你就拉扯什，以苦引苦最得劲。

四

咱们穷人拉，不要多说话，
不要不说话，不要嫌穷人话啰嗦。

　　（注一）老百姓叫破烂衣服是"火灵旦"。
　　（注二）武器不要带在外面。

（《晋察冀日报》1947 年 7 月 14 日）

苏北民谣中的共产党和毛主席

一 今年变成我家粮

籼稻,黄又黄,今年变成我家粮,感谢恩人共产党,算账分田帮我家穷人忙。

二 小三娶个大姑娘

东西地,长又长,小三娶个大姑娘,纺纱下地能帮忙,人人见了喜洋洋,都说小三命运强,小三摇摇头:"不是命运强不强,靠的救命恩人共产党,要不是分田和分地,哪有我小三娶的大姑娘。"

三 万万年

共产党万万年,有了共产党穷人才见天。

四 人民救星毛泽东

姜太公钓鱼渭水,河西北□英雄多又多,当中有个人民救星,就是今天毛泽东。

五 毛主席是太阳

太阳一出红通通,太阳好比毛泽东,五谷没太阳不生长,穷人没毛主席万年穷。

六 童谣

毛泽东,暖烘烘,大家来,一鞠躬。
白米饼,喷喷香,毛主席,请你尝,不是你帮忙,我家哪有米饼香。

——老太婆供奉毛主席像，每天早晨供饼□祝□话。

提到毛泽东，浑身轻松松；提到蒋介石，汗毛潮湿湿。

(《晋察冀日报》1947年7月22日)

蒋记公务员诉苦之歌

【新华社东北二十□日电】内蒙古自卫军某部，在哲盟东□□□向蒋匪□击时，缴获蒋匪公务员诉苦文一件，文云："公务员山□涟涟□白日到晚不得闲，星期日更加忙，脚也肿，鞋底穿，忍饥□雨苦辛酸，领薪日，更难言，一月薪水分到手，扣尽饭费剩千元，想起家中父母老少整夜枵腹忍饥寒，东家借西家欠，谁家管你小职员，咬牙关，发誓愿，儿女用以为□□，宁为牧牛儿，千万别做公务员。"

(《晋察冀日报》1947年8月2日)

出征宣誓书

陈谢南征大军某旅十二连 集体写作

编者按：此书为陈谢南征大军某旅十二连出征前集体写作，读此书如见热血沸腾之战士。全书字里行间，充满申冤复仇反攻必胜之信念。全文如下：

毛主席：

我们在你的领导下翻了身，

享受了民主自由，

开始过幸福的生活；

但一提起往事，

谁不悲痛伤心？

我们全连有一百五十一个人受过压迫，

有一百二十六个人被剥削过，

受了十年到十五年的苦罪，

我们吃过糠，

也啃过树皮。

我们有九十一个人遭过辱骂毒打，

瘢痕至今尚在。

我们有二十四个人已经失去了亲爱的爹娘，

我们的爹娘劳动了一辈子，

但终于饿死了，

我们的苦难诉不完，

但我们都要告诉你。

亲爱的毛主席！

张德胜同志的家有地三十亩整，

父亲在犁地时遇上了种（中）殃（央）军，

牲口被抢走了，

父亲跪下来央告，

被活活打死了；

哥哥叫人家捉住，

硬说是八路代表，

枪毙在静乐县南关里。

三天也不叫起尸体，

母亲哭得昏死过八次。

三十二年，

张德胜同志又被阎贼抓了去，

补到骑一军第二师，

给阎锡山当替死鬼。

他说："天有眼，

汾孝战役被毛主席救出火坑！"

像这样的惨事，

刘杰、

刘家玉、

曹先栋……

华南华北的同志都同样地遭遇过。

刘贯九的家在安徽阳阜，

父兄祖母十二口人，

有地二十亩，

房十五间。

二七年蒋贼拿"黄河""抗日"，

开了河口，

千万人民被喂了鱼，

他的家也一洗净光。

他一提"黄河归故"

就难过得捶着心说："我非和你们拼到底不可！

蒋介石贼子呀！

咱算算账吧，

血海的深仇哪能容你！"

蒋介石，

我们告诉你，

我们现在觉悟了，

要想和平，

只有彻底打倒你！

一年的战争咱消灭你约一百个旅；

又收复了广大的土地，

现在俺们就要打出去，

蒋胡贼子等着吧！

我们马上来消灭你！

★★★★★★★

毛主席党中央！

我们的冤苦要清算呀！

我们振臂高呼，

请求下令讨伐蒋逆贼子，

我们向共产党宣誓，

永远跟上毛主席走，

农民得不了土地，

翻不了身，

蒋介石不彻底消灭，

我们绝不偷生。

我们坚决战斗到底，

我们要求打出去，

我们已研究了困难。

史其林说："我准备了行军的腿。"

王清明同志说：

"我不怕走夜路，

不怕爬山。"

冯保胜说：

"我不怕下雨刮风。"

史其云是蒋管区的人，

他兴奋地说：

"我被解放了，

但我的家还受压迫，

我要打回去消灭蒋贼，

解放我父母。"

我们决心做到"四三制"：

第一，

保证为人民服务到底。

（一）不实现土地改革不解放全国农民不回家；

（二）不彻底消灭蒋介石不回家；

（三）不为人民立大功不回家。

第二，

保证不向困难低头：

（一）行军不怕走夜路和爬山，

　　　不怕刮风下大雨；

（二）生活不怕困难；

（三）遇到困难不埋怨上级，

想办法来克服。

第三,

保证全连情绪圆满打出去:

(一) 丢掉家庭包袱,

上级叫到哪里就到哪里;

(二) 爱护自己身体,

不喝冷水,

不发生病号,

轻病不掉队,

互相帮助;

(三) 打通思想,

团结友爱,

互相学习。

第四,

保证遵守群众纪律:

(一) 实现"三不走",

(二) 做到"三不拿",

(三) 宣传我党我军政策,

密切军民关系。

这些都是我们全体亲口提出来的,

我们又献出冀钞九万八千六百六十元,

金戒指两个,

手表一只,

还有皮鞋、

衣物、

毛巾等等,

这些都算作出征费。

现在万事俱备,

只待上级一道命令,

打出去,

报我们的仇、雪国家之耻!

我们号召全体同志起来,

为和平、

民主、

独立、

土地而斗争!

讨伐卖国贼蒋介石!

十二连连长　何明德

政指　刘克敬

排长　石怀玉

吴兴双

郭成则等同志

八月十六日

(《晋察冀日报》1947 年 9 月 17 日)